Anita Harag
Es ist zu kühl für diese Jahreszeit

Storys

Aus dem Ungarischen
von Timea Tankó

Schöffling & Co.

Petőfi Cultural Agency

Die Publikation des vorliegenden Werks wurde mit freundlicher Unterstützung des Petőfi Kulturfonds realisiert, der sich die Förderung der ungarischen Literatur zum Ziel gesetzt hat.

Jelen mű kiadása a Petőfi Kulturális Ügynökség magyar irodalmat népszerűsítő célkitűzése szerinti együttműködés keretén belül valósult meg.

Deutsche Erstausgabe

Erste Auflage 2022

Originaltitel: *Évszakhoz képest hűvösebb*
Originalverlag: Magvető Publishing, Budapest

Satz: Fotosatz Amann, Memmingen
Druck & Bindung: Pustet, Regensburg
ISBN 978-3-89561-369-2

www.schoeffling.de

Inhalt

Mineralwasser

Wieder wurde sie davon geweckt, dass ihre Großmutter auf der unteren Etage herumlief. Halb sechs, jetzt ist das alte Mädchen zum ersten Mal aufgestanden, dachte sie, stand ebenfalls auf und öffnete das Fenster. Es war noch nicht so warm, dass sie in der Ellenbeuge schwitzte, wenn sie den Arm lange angewinkelt hielt. Sie hatte bis um zehn schlafen wollen, die Großmutter würde bald aufhören, sich wieder hinlegen, sich im Bett herumwälzen und von Langeweile übermannt werden. Wenn Nóra Glück hatte, würde sie nicht herumschreien, dass jemand am Fußende ihres Bettes stehe. Ihre Großmutter hätte sich gewünscht, wenigstens ihren Mann zu sehen, der bereits vor sieben Jahren, oder ihren Sohn, der im Alter von fünfzehn Jahren verstorben war. Keiner von beiden kam je vorbei. Sie sagte, ein Fremder stehe am Fußende ihres Bettes und starre sie an. Er mache nichts, stehe nur da und betrachte sie, während sie schlief, er sei der Grund dafür, dass sie diese Träume habe.

Nach zwanzig Minuten hörte Nóra keine Geräusche mehr von unten und schlief wieder ein. Halb acht wurde sie noch einmal wach, ihre Mutter machte sich auf den Weg, schloss die Tür hinter sich, behutsam, um niemanden zu wecken. Man hörte, wie sie sich bemühte. Schon den Wasserhahn hatte sie nur ein bisschen aufgedreht, damit das Wasser leise in den Kaffeebecher floss, nur bis zur Hälfte, war dann vorsichtig über den Steinboden von der Küche zur Eingangstür gegangen, hatte den Mantel an- und die Tür langsam hinter sich zugezogen. Nóra schlief wieder ein.

Sie erwachte ein paar Minuten vor zehn. Das Haar klebte ihr vor Schweiß am Nacken, die Sonne schien ins Zimmer. Schnell schloss sie das Fenster und ließ die Rollläden herunter. Sie ging die Treppe hinunter, sah durch das Milchglas die Silhouette ihrer Großmutter, die in ihrem Sessel saß, doch Nóra klopfte nicht bei ihr, um sie zu begrüßen. In der Küche nahm sie ihren Becher, ihre Mutter hatte ihr viel Kaffee übrig gelassen. Sie kochte stets zwei Tassen und ließ anderthalb für Nóra übrig. Nóra goss ihn mit Milch auf, Zucker gab sie nicht dazu. Sie setzte sich an ihren Laptop und besuchte ein Immobilienportal. Sie hörte, wie ihre Großmutter im Zimmer herumging. Nóra lehnte sich ein wenig auf dem Stuhl zurück und warf einen Blick in das Zimmer. Sie sah ihre Großmutter hinter der Tür vorbeihuschen, umherlaufen, Gegenstände ordnen, und Nóra hatte den Eindruck, als redete sie auch. Allmählich befürchtete sie, es könnte das Gleiche passieren wie vor ein paar Tagen. Der Arzt hatte gesagt, man könne nichts tun und dass die Großmutter weder für sich noch für andere eine Gefahr darstelle. Er sagte, sie sollten aufpassen, dass sie nicht allein das Haus verließ, dann schrieb er ihr Beruhigungsmittel auf, und damit war für ihn die Sache mit Frau Kovácsovics erledigt.

Nóra hasste Ärzte. Auch das letzte Mal war sie deshalb nicht mitgegangen, blieb lieber im Auto und zündete sich eine Zigarette an. Genauer gesagt eine nach der anderen, bei dem Anblick des Backsteingebäudes wurde ihr stets flau im Magen. Sie wippte nervös mit einem Bein, ordnete die Beipackzettel, Rezepte und Medikamentenschachteln auf dem Armaturenbrett. Nach vierundsiebzig Minuten kamen die beiden heraus, ihre Mutter stützte die Großmutter am Arm, damit sie auf der Treppe nicht stürzte. Nóra stieg nicht aus, um ihnen zu helfen. Was hat er gesagt?, fragte sie, und ihre Mutter antwortete: Nichts. Wir sollen auf sie aufpassen. Das ist alles?, hakte Nóra nach, denn das war noch weniger als beim letzten Mal. Hat er euch denn keine Überweisung gegeben? Nein. Sie sei achtundachtzig Jahre alt, da sollten wir uns nicht wundern. Seit Wochen schon unterhielten sie sich über Magda, als wäre sie gar nicht anwesend. Magdolna Kovácsovics, geboren 1927 oder 1928, Nóra hätte es nicht genau sagen können, dabei konnte sie sich Jahreszahlen eigentlich gut merken. Sie warf einen Blick auf eines der Rezepte: 1927. Demnach war Magda neunundachtzig Jahre alt.

In der Woche zuvor hatte ihre Großmutter eine halb volle Mineralwasserflasche nach ihr geworfen. Sie steckte den Kopf aus der Tür ihres Zimmers, und als sie

Nóra in der Küche erblickte, warf sie die Flasche nach ihr und schlug die Tür zu. Ihre Mutter sagte, sie habe sie wahrscheinlich nicht erkannt, habe sie für eine Einbrecherin gehalten. Wenn ihre Großmutter allmählich den Verstand verlieren würde, wäre sie die Erste, die sie vergessen würde, davon war Nóra überzeugt. Sie war wütend auf ihre Großmutter, aber nicht weil diese vergessen hatte, dass sie eine Enkelin hatte und gerade sie, Nóra, diese Enkelin war. Sie war wütend auf sie, weil sie nur so tat, als würde sie sie nicht erkennen oder als würde sie fremde Menschen am Fußende ihres Bettes sehen. Sie tat nur so, als hätte sie Rücken- oder Bauchschmerzen, als wäre ihr schwindelig, als fielen ihr manchmal die Wörter nicht mehr ein. Das spielte das alte Mädchen ihnen doch alles nur vor, um ihre Mutter zu ärgern, dachte Nóra. Als sei die nicht schon genügend mit ihrem Chef gestraft, der ihr zweimal so viele Aufgaben aufhalste wie den anderen, musste die Großmutter sie auch noch tagsüber mit ihren Anrufen belästigen, bei denen sie behauptete, es sei ein Fremder in der Wohnung, der sie ausrauben und vergewaltigen wolle. Wer zur Hölle sollte sie schon vergewaltigen wollen, dachte Nóra, als ihre Mutter sie deswegen angerufen hatte, sprach es aber nicht aus. Sie ging zur Großmutter ins Zimmer, die den Fernseher anstarrte und nicht einmal aufblickte, als ihre Enkelin hereinkam. Brauchst du irgendetwas?, fragte Nóra sie, aber die Alte antwortete nicht, nur ihre Hände zitterten. Das Bett war nicht gemacht, Nóra ging hin, an einer Ecke des Kissenbezugs war ein dunkelbrauner Fleck. Vielleicht hat sie sich nur gekratzt, dachte sie. Sie warf den Bettbezug in den Wäschekorb, bezog das Bett neu, währenddessen blickte Magda kein einziges Mal auf, starrte nur weiter auf den Fernseher.

Inzwischen sprachen sie oft davon, was nach dem Tod der Großmutter geschehen würde. Was sie zu zweit mit diesem riesigen Haus anfangen würden, den zwei Etagen, vier Zimmern und drei Badezimmern. Sie würden es verkaufen müssen, doch Nóras Mutter sagte immer, sie sollten erst dann über die Brücke gehen, wenn sie den Fluss erreicht hätten. Nóra wollte sich gern vorbereiten, sich den Markt ansehen, um einzuschätzen, wie viele Chancen sie hätten, in der Gegend ein kleineres Haus mit Garten zu finden. Vormittags durchforstete sie die Immobilienangebote, trug den Bezirk ein, zwei Zimmer, zwei Bäder. Sie goss den Rest des Kaffees in die Spüle, den Satz mochte sie nicht. Eine Zeit lang hatte ihre Großmutter den Kaffeesatz gesammelt und in den Abfluss gekippt. Das entfernt die Ablagerungen und hilft auch gegen schlechten Geruch, sagte sie. Jetzt sammelte sie ihn nicht mehr in einer dafür vorgesehenen Tüte, also warf Nóra ihn in den Mülleimer. Sie spülte die beiden Kaffeebecher und stellte sie auf das Abtropfgestell. Ihre Mutter trocknete alles ab, aber Nóra hielt das für Zeitverschwendung, das Geschirr trocknete doch auch von allein.

Kurz nach zehn klingelte der Lieferant, der das Essen für Großmutter brachte. Seit Jahren schon kochte sie nicht mehr, und was Nóra kochte, aß sie nicht, sie sagte, es schmecke nach nichts. Ihre Enkelin aß kein Fleisch und mochte Tiere offenbar mehr als Menschen. Das hatte sie noch nie verstanden. Ein Hund war doch dazu da, das Haus zu bewachen, aber ihre Enkelin ließ die Hunde ins Haus, sogar in die Küche, alles war voller Hundehaare. Einmal hatte sie mit der Zungenspitze ein Haar von ihrem Gaumen entfernt und es zu Nóra gebracht. Ich glaube, das gehört euch, sagte sie und legte das weiße Hundehaar auf Nóras Laptop. Nóra konnte sich nur schwer beherrschen, sie nicht anzubrüllen, obwohl sie nicht genau hätte sagen können, warum ihr danach war. Sie nannte sie nicht mehr Großmutter, seit diese in ihrer Kindheit auf ihre drei Wochen alte Katze getreten war. Schon immer hatte es diese gegenseitige Abneigung gegeben. Wenn ihre Großmutter am Zebrastreifen ihre Hand anfassen wollte, zog Nóra sie weg. Sie empfand die Haut ihrer Großmutter als kratzig. Wenn die Großmutter Karotte sagte, sagte Nóra Möhre, wenn die Großmutter etwas als schön bezeichnete, sagte Nóra, es sei hässlich. Als sie Vegetarierin geworden war, wollte Magda monatelang nicht verstehen, was das bedeutete. Wenn sie die Großeltern besuchten, kochte die Großmutter stets Fleischgerichte, sie sagte, wenn Nóra einmal Fleisch esse, werde man deshalb nicht mehr Tiere töten, außerdem brauche der junge Körper Fleisch. Vergeblich sagte Nóra, sie wolle nichts, denn sie werde es nicht essen, die Großmutter überhörte es. Einmal sagte sie, sie habe einen Gemüseauflauf gemacht. Sie waren schon fast fertig mit dem Essen, als Nóra ein Stück Wurst auf ihrem Löffel entdeckte, woraufhin die Großmutter sagte, das sei getrocknete Tomate. Nóra wurde übel und im Laufe des Nachmittags übergab sie sich mehrmals. Seit sie vor ein paar Jahren wegen Opas Krankheit zusammenziehen mussten, hatten sich die Anspannungen zwischen ihnen noch verstärkt. Magda, sagt Nóra zu ihr, wenn sie mit ihr sprechen muss. Magda, wirf ja nicht noch einmal eine Flasche nach mir.

Eines Nachts wurde sie davon wach, dass Magda an ihrem Bett stand und sie ansah. Was suchst du hier?, fragte sie und schaltete das Licht an. Schnell, zieh dich an, wir müssen los, bevor sie kommen. Bevor wer kommt? Na, Bori und Sándor, antwortete Magda und ergriff Nóras Hand. Beeil dich, zieh dich endlich an. Nóra rief ihre Mutter, die Magda eine von den verordneten Beruhigungstabletten gab und ihr immer wieder sagte, Mutter, es ist alles in Ordnung, du bist nur erschöpft. Danach konnte Nóra tagelang nicht schlafen, sah Magda immer an ihrem Bett, auch wenn sie gar nicht da war. Ein paar Tage später legte sich Magda zu ihrer Tochter ins Bett, ihre Hände und Füße waren kalt, als wäre sie mehrere Stunden im Nachthemd im unbeheizten Flur herumgelaufen oder vielleicht sogar auf dem Hof. Nóras Mutter ließ sie in ihrem Bett schlafen.

Gegen elf klopfte Nóra bei Magda und sagte ihr, das Essen sei da. Sie erhielt keine Antwort, also öffnete sie die Tür. Magda sah fern, irgendeine Serie. Dein Essen ist da, wiederholte sie, ihre Großmutter blickte auf und sagte: Jetzt möchte ich nichts. In Ordnung, ich stelle es in den Kühlschrank, sag Bescheid, wenn du Hunger hast. Nóra zog die Tür hinter sich zu und stellte das Essen in den Kühlschrank. Erbsensuppe, Gulasch mit Nockerln, dazu zwei schrumpelige Gewürzgurken. Die Kartoffelsuppe von vor zwei Tagen, die im unteren Fach stand und von der Magda nur ein Viertel gegessen hatte, war schon nicht mehr gut. Nóra schüttete sie in den Müll. Sie holte ein paar Kekse aus der Speisekammer und brachte sie ihrer Großmutter, damit sie wenigstens irgendetwas aß. Darum hatte ihre Mutter sie gebeten, wie um alles, was Nóra für Magda tat. Als ihr Großvater damals Krebs bekommen hatte, hatte sie ihn gern gepflegt, ihm die Spritzen gegeben, ihn gefüttert, ihm beim Baden geholfen. Sie hielt den Körper ihres Großvaters und ihre Mutter schob die Windel unter ihn. Nóra bemühte sich, nicht hinzusehen, wollte den Großvater nicht noch mehr in Verlegenheit bringen. Bald darauf starb er. Das war gut so, was Nóra jedoch nie aussprach. Es war gut, dass er nicht lange in diesem Zustand leiden musste, aber so etwas kann man nicht aussprechen, ebenso wenig wie dass sie ihre Großmutter nie wickeln würde. Was sie für Opa getan hatte, konnte sie für Magda nicht tun. Opa hatte sich nie beschwert, auch nicht, als er schon gar nicht mehr essen konnte. Doch Magda klagte schon damals ständig darüber, was für ein schweres Leben sie habe, sprach von ihrem Sohn, der jung bei einem Unfall gestorben war, ein roter Volvo hatte ihn überfahren. Seitdem weigerte sich Magda, in ein rotes Auto einzusteigen.

Sie hatte geklagt, gejammert und nichts gemacht. Nóra war sich sicher, dass genau das auch jetzt geschah. Sie hätte gern mehr Aufmerksamkeit, spielt deshalb allen etwas vor, und wenn es nach ihr ginge, würde sie sogar für ein paar Tage ins Krankenhaus gehen. Vor zwei Jahren hatte sie das Gleiche veranstaltet, gesagt, ihr sei schwindelig, sie habe Kopfschmerzen, doch das MRT zeigte nichts. Sie erreichte, dass man sie zur Beobachtung stationär aufnahm. Eine Woche später kam sie in bester Laune nach Hause. Nóra hatte sie kein einziges Mal besucht, was Magda gar nicht erwähnte. Sie berichtete von der Krankenhauskost und davon, dass sie mit einer älteren Frau das Zimmer geteilt und diese gepflegt habe, weil sie sich nicht allein waschen konnte. Nóra glaubte ihr das nicht, wollte aber vor ihrer Mutter keinen Streit mit Magda anfangen.

Nach dem Mittagessen ging sie in den Garten zu den Hunden und übte mit Barnabás in Vorbereitung auf die Vorführung am Wochenende ein wenig. Sie zeigte ihm mit der Hand, was er machen sollte. Ein Finger bedeutete, er solle sich setzen, die Faust, dass er sich hinlegen solle. Gib Laut, sagte sie, woraufhin Barnabás bellte. Gib Laut, wiederholte sie und er bellte erneut. Drehen, sagte sie, woraufhin sich der Hund um seine eigene Achse drehte und sich dann setzte. Nun bekam er ein Leckerli. Sie hatte Barnabás streng als Therapiehund erzogen und gab ihm nur dann eine Belohnung, wenn er sie verdient hatte. Niemand sonst durfte ihm etwas zu fressen geben. Ein einziger Happen und Nóra hätte einen Monat gebraucht, um den Fehler zu korrigieren. Wenn etwas auf den Boden fiel, durfte der Hund es nicht fressen, nicht einmal daran schnuppern. Nóra sah aus den Augenwinkeln, wie sich der Küchenvorhang bewegte. Sie blickte hin, bemerkte ihre Großmutter, die sich hinter den Vorhang zurückzog. Seit Magda Barnabás einmal ein Stück Schnitzel gegeben hatte, traute sie sich nicht, ihn zu streicheln. Nóra war völlig außer sich, nannte Magda eine wahnsinnige, hirnlose alte Schachtel und weinte vor Wut. Weißt du, wie viel Zeit es mich kosten wird, das wieder in Ordnung zu bringen?, brüllte sie. Magda wusste es nicht. Er hatte doch Hunger, sagte sie, ich habe ihm nur einen kleinen Happs gegeben. Doch Nóra wusste, dass sich ihre Großmutter darüber im Klaren gewesen war, was sie tat, Nóra hatte es ihr tausendmal erklärt. Er hat keinen Hunger, wieso sollte er Hunger haben?! Ich gebe ihm ordentlich zu fressen. Geh mir aus den Augen! Nicht nur Magda mied Barnabás, auch der Hund mied sie. Er spürte instinktiv, mit wem er befreundet sein durfte und mit wem nicht. Der Großpudel ist der zweitintelligenteste Hund der Welt.

Nóra ging ins Haus, der Behälter mit dem Essen von diesem Tag war aus dem Kühlschrank verschwunden. Nóra schrieb ihrer Mutter eine Nachricht, dass Magda esse. Ihre Mutter antwortete mit einem Daumen-hoch-Emoji. Nóra las sich ihren Chatverlauf durch. Magda isst, Magda isst nicht. Wenn sie nicht aß, antwortete Nóras Mutter mit einem traurigen Smiley. Magda führt Selbstgespräche, Magda weigert sich, sich anzuziehen, Magda macht wieder Theater. Als Magda die Mineralwasserflasche nach ihr geworfen hatte, schickte Nóra keine Nachricht. Am Tag nach diesem Vorfall schrieb sie: Heute hat Magda nichts nach mir geworfen. Darauf kam keine Antwort.

Nóra aß ebenfalls zu Mittag, lauschte manchmal, ob sie Geräusche aus Magdas Zimmer hörte, doch es war nur der Fernseher und gegen vier Uhr bekam sie mit, wie die Klotür ins Schloss fiel. Magda hatte vergessen zu spülen, aber nur gepinkelt. Das schrieb sie ihrer Mutter nicht. Diese kam um fünf nach Hause und fragte, wie der Tag gewesen sei. Wie immer. Ihre Mutter ging in Magdas Zimmer, sprach ein wenig mit ihr. Nóra hörte nicht, was, kannte die Gespräche aber auswendig. Wie geht es dir, Mutter? Was gab es zu essen? Magda antwortet irgendetwas, es war gut oder nicht gut. Nach ein paar Minuten kam ihre Mutter heraus, in der Hand ein

Tablett mit den beiden Behältern. Die Suppe war nicht einmal geöffnet, vom Gulasch und den Nockerln fehlte ein Löffelvoll. Sie stellte es in den Kühlschrank, roch am Mittagessen des Vortags. Das müsste noch in Ordnung sein, sagte Nóra. Zwetschgenknödel, das mag sie, antwortete ihre Mutter, vielleicht isst sie es noch. Nur ein Knödel fehlte, die Zwetschge war herausgepult und an den Rand geschoben. Die Mutter machte den Kühlschrank wieder zu.

Sie dachte, es sei jemand im Schrank, sagte sie. Was? Jetzt? Interessant, zu mir hat sie nichts gesagt, erwiderte Nóra. Zu mir hat sie das gesagt. Und, hast du nachgesehen? Ja. Nóra tat ihrer Mutter, die gesagt hatte, sie habe wenig gegessen, ein paar Falafel und ein bisschen Couscous auf den Teller. Die Mutter sagte, sie habe mit ihrer Mutter spazieren gehen wollen, doch diese habe sich geweigert, aus dem Haus zu gehen. Sie war schon seit Tagen nicht mehr draußen, sagte sie zu Nóra. Ein bisschen frische Luft würde ihr nicht schaden. Zum Arzt würde sie bestimmt gern gehen, bemerkte Nóra. Ihre Mutter tat so, als hätte sie es nicht gehört.

Man musste Magda überreden, sich zu waschen. Das letzte Mal war schon über eine Woche her, die Haare befeuchtete sie sich nur ein bisschen, dann trocknete sie sie mit einem Handtuch, das schon seit Wochen nicht mehr gewaschen worden war. Sie schwitzte nicht mehr, benutzte auch kein Deo, doch ihre Haut roch wie Bettwäsche, die man seit Monaten nicht gewechselt hatte.

Komm, Mutter, wir gehen baden, sagte ihre Tochter. Sie half ihr, in die Wanne zu steigen, passte auf, dass sie nicht ausrutschte. In der Wanne lag eine fußförmige lila Anti-Rutsch-Matte. Nóra blieb draußen, während Magda badete. Ihre Mutter musste Magda nur beim Einsteigen helfen, danach kam sie aus dem Bad und vergewisserte sich nur ab und zu, ob alles in Ordnung war. Nóra glaubte nicht, dass ihre Großmutter Hilfe benötigte, doch sie sagte nichts. Sie spülte die Teller und stellte sie aufs Abtropfgestell. Ihre Mutter nahm sie und trocknete sie ab. Als Magda ins Bett ging, sagte sie, sie sollten Pista Bescheid geben, auch er solle kommen. Nóras Mutter sah ihre Tochter an, die in der Tür stand. Pista kann nicht kommen, sagte die Mutter. Wieso nicht? Du weißt genau, warum nicht, sagte nun Nóra, woraufhin ihre Großmutter sie nur verständnislos ansah. Ich sage ihm Bescheid, sagte Nóras Mutter. Sie schalteten das Licht aus. Warum bestärkst du sie noch in ihren Hirngespinsten?, fragte Nóra ihre Mutter nun in der Küche. Ich bestärke sie gar nicht. Das tust du wohl, glaub mir, ihr fehlt nichts, sie spielt uns alles nur vor. Darauf habe ich jetzt keine Lust, erwiderte ihre Mutter, und beide gingen in ihr Zimmer.

In der Nacht wurde Nóra davon geweckt, dass nicht Magda, sondern ihre Mutter an ihrem Bett stand. Was ist passiert? Ich habe den Notruf schon angerufen, komm, zieh dich an. Was ist passiert?, fragte Nóra noch einmal. Sie hat Blutungen. Sie gingen hinunter, ihre

Großmutter saß im Sessel, starrte vor sich hin. Sie hat sich eben erst hingesetzt, bis jetzt ist sie im Kreis herumgelaufen, sagte ihre Mutter. Ich wurde davon wach, dass sie wirres Zeug redete. Nóra sah, dass Magdas Hals blutverschmiert war. Es sah aus, als hätte sie sich den Ohrring herausgerissen, doch hatte sie nie einen Ohrring oder irgendeinen anderen Schmuck getragen. Der Notarzt kam bald, und Nóra versprach ihrer Mutter, dass sie sich anziehen und mit dem Auto nachkommen würde. Zwei Stunden später saßen sie bereits im Krankenhausflur und warteten auf den Arzt. Magda hatte das Bewusstsein schon verloren, als sie im Krankenhaus angekommen waren, und kam auch nicht mehr zu sich. Einige Stunden später konnten sie mit ihrem Arzt sprechen. Er sprach von Krebs, von Metastasen, von fortgeschrittenem Stadium und davon, dass Frau Kovácsovics irgendwann hingefallen sein musste, da es bei ihr zu inneren Blutungen gekommen war, weshalb ihr auch das Blut aus dem Ohr geflossen war. Eine Behandlung hätte sie ohnehin nicht mehr bekommen können, sagte er, wegen des hohen Alters, man hätte ihr nur die letzten Wochen oder Monate angenehmer machen können. Nóra hörte aus dem Ton des Arztes heraus, dass es sogar gut war, dass alles so gekommen war, die inneren Blutungen waren gut, es hätte viel schlimmer kommen können, lange Bettlägerigkeit und der Zustand des Ausgeliefertseins. Auf den Befund mussten sie noch einige Stunden warten, währenddessen holte sich Nóra einen Kaffee aus dem Automaten. Ihre Mutter wollte nichts.

Nóra erinnerte sich später nicht, wie viel Zeit sie im Krankenhaus verbracht hatten. Sie mussten lange warten, der Kaffee schmeckte nach Wasser. Sie wusste nur noch, dass sie, als sie das Gebäude schließlich verließen, aus den Augenwinkeln sah, wie sich in einem der Fenster der Vorhang bewegte.

Auf Ungarisch

Sie starrt auf den Bildschirm das Laptops, in den Ohren Kopfhörer, doch es läuft keine Musik. Sie hört alles, versteht aber nichts. In den ersten paar Tagen hat sie sich die Kopfhörer noch nicht in die Ohren gesteckt, dachte, wenn jemand am Tisch sprechen würde, dann auf Englisch. Doch spricht man hier nur ganz selten Englisch, außer ihr sind alle Ungarn. Sie sind freundlich und hilfsbereit. Wenn ihr jemand auf dem Gang begegnet, lächelt er sie an, fragt How are you doing? und geht weiter. Sie ist immer noch dabei zu lernen, wie man die Namen ihrer Kolleginnen ausspricht, wiederholt sie zu Hause und unterwegs, im Bus. Einige Namen kann sie leicht aussprechen, doch mit Orsolya und Enikő hat ihre Zunge weiterhin Schwierigkeiten, sie sagt Orschalja statt Orschoja. Anna, eine ungarische Freundin ihrer Mitbewohnerin, hat versucht, ihr die richtige Aussprache mancher Wörter beizubringen. Tündér, Fee, konnte sie auch nicht aussprechen, das war das Lieblingswort dieser Freundin. Tunder, Tunder, wiederholte sie, woraufhin Anna zum Glück das Wort immer wieder aussprach. Tün-dér, tün-dér. Tun-der, Tun-der, sagte sie, und Anna lachte. Bei Orsolya und Enikő wollte sie sie schon gar nicht mehr bitten, ihr zu helfen. Solange sie die richtige Aussprache ihrer Namen nicht kann, versucht sie es zu vermeiden, sie anzusprechen. Und wenn sie doch eine Frage an eine von beiden hat, tippt sie ihr einfach auf die Schulter. Ihren eigenen Namen sprechen die wenigsten richtig aus.

Am ersten Tag hat ein junger Mann sie herumgeführt. Er hat eine schöne Aussprache im Englischen, nicht so hart wie die meisten Ungarn. Er zeigte ihr, wo die Toiletten sind, die Küche, die Kaffeemaschine, wo die Teller stehen, welche Regeln es für die Lebensmittel im Kühlschrank gibt. Alles, was bis Freitagabend nicht gegessen wurde, wird weggeworfen, übers Wochenende darf nichts im Kühlschrank bleiben. Er zeigte ihr auch einen Zettel an der Pinnwand, auf dem stand, dass man sich von der Milch im Kühlschrank doch bitte nicht bedienen solle, sie sei nicht free to use. Einmal hat sie versehentlich den Joghurt einer Kollegin gegessen. Sie hatte gedacht, alles im Kühlschrank, Joghurt, Milch, Pudding, sei für alle da. Daheim war es zumindest so gewesen, free to eat. Den Zettel an der Pinnwand hatte sie völlig vergessen, sie war an ihrem ersten Tag so nervös gewesen, dass sie sich kaum noch an etwas von der Führung erinnerte. Am nächsten Tag bekam sie mit, wie zwei Kolleginnen plötzlich anfingen, sich auf Englisch zu unterhalten, als sie die Küche betrat, wobei die eine über Leute schimpfte, die den Joghurt von anderen aßen. Sie schämte sich.

Sie sitzen zu sechst an dem runden Tisch. Eigentlich

hat sie gar keine Lust, Musik zu hören, trotzdem steckt sie sich die Kopfhörer in die Ohren. Zwei Kolleginnen unterhalten sich, eine von beiden ist viel lauter als die andere. Sie versucht herauszubekommen, worum es wohl geht, ohne dabei ihre Gesichter, ihre Bewegungen zu sehen, ohne die Wörter zu verstehen. Das spielt sie oft. Anfangs hatte sie stets gedacht, es gehe um sie. Dass man Bemerkungen über sie machte, sagte, sie stinke oder das Kleid stehe ihr nicht. Manchmal fragte sie, ob sie sich über dieses oder jenes Projekt unterhielten. Sie gerieten nicht in Verlegenheit, sondern erzählten, dass eine von ihnen gerade überlege, in eine neue Wohnung zu ziehen, oder dass sie sich über das Wochenende ausgetauscht hätten, an dem sich eine andere den Rücken verbrannt und zu Hause mit Kokosfett eingerieben habe, das helfe immer. Die Frau mit dem verbrannten Rücken sprüht sich manchmal am Tisch mit ihrem Parfum ein, zwei Spritzer auf jedes Handgelenk, und dann verteilt sie es am Hals. Es riecht unangenehm süß.

Jetzt senken sie die Stimmen, beugen sich zueinander, ihre Hände berühren sich beinahe. Vielleicht reden sie über jemanden, der gerade nicht da ist, weil er von zu Hause aus arbeitet. Jemanden, der eine von beiden gekränkt oder auch nur eine spitze Bemerkung hat fallen lassen oder seine Arbeit anderen aufgehalst hat. Oder sie unterhalten sich über Männer, eine von beiden hatte am Wochenende ein Date, von dem sie nun berichtet, aber nein, sie lächelt nicht, sieht weder wütend noch gelangweilt aus, sie spricht nicht, wie jemand, der einen aufregenden, aber letztlich eher miesen oder einen langweiligen, aber zumindest mit einem Mann verbrachten Abend gehabt hat. Vielleicht hat sie gerade von der Krankheit eines Verwandten erfahren, ja, das ist wahrscheinlich, Enikő streichelt der Kollegin mit dem verbrannten Rücken den Arm und lässt ihre Hand auf deren Handgelenk ruhen, macht mit dem Daumen ab und an eine kleine Kreisbewegung. Jetzt wird Enikős Hand auch so unangenehm süß riechen. Dann blickt die Kollegin auf, sieht Enikő an, es ist, als hätte sie Tränen in den Augen, oder bildet sie sich das nur ein? Wahrscheinlich. Sie wendet den Blick sofort wieder ab, will nicht, dass die beiden sich von ihr beobachtet fühlen. Sie will nicht, dass sie denken, sie höre gar keine Musik, weshalb sie schnell ein Lied auf YouTube anklickt, was trotz der Drohungen aus der IT-Abteilung immer noch erreichbar ist. Wenn sie Ungarisch verstünde, wüsste sie, worüber sie sich unterhielten, und hätte vielleicht sagen können, dass ihre Großmutter vor Kurzem gestorben sei und sie deshalb vor zwei Wochen Urlaub gemacht habe.

Orsolya kümmert sich ums Teambuilding. Sie kommt zu ihrem Tisch und erklärt auf Ungarisch, was geplant sei. Als sie fertig ist, kommt sie extra zu ihr, sie nimmt die Kopfhörer aus den Ohren und freut sich, dass die Musik zu hören ist, nicht klar, aber wahrnehmbar. Teambuilding, sagt sie auf Englisch, sie würden sich morgen Vormittag um elf Uhr in der Innenstadt treffen und zum Laser Tag gehen, sie solle es nicht vergessen. Danach könnten sie noch irgendwo in der Gegend etwas essen, wenn sie Lust hätten, doch das sei nicht verpflichtend. Meist dauere es zwei Stunden, das sei die Mindestzeit, die man bleiben müsse, aber so lange werde es ohnehin dauern, eigentlich gehe es immer länger. Sie würden viel Spaß haben, móka, wiederholt Orsolya auf Ungarisch, fun. Sie wollen ihr immer neue Wörter beibringen. Thank you, antwortet sie mit einem Lächeln, doch den Namen sagt sie nicht, Orschalja.

Ihr knurrt der Magen. Es ist erst halb zwölf, sie gehen in einer halben Stunde essen. Sie stehen jeden Tag um Punkt zwölf auf und gehen los. In der ersten Woche haben sie sie gefragt, ob sie Lust habe mitzukommen. Sie ist, wie die anderen, in die Cafeteria gegangen, hat sich eines der Menüs geholt und es mit hinaufgebracht. Manche hatten sich etwas zu essen mitgebracht und waren schon dabei, es aufzuwärmen, als sie ankam. Sie besetzten einen Tisch für sechs Personen in der Küche und deckten ihn. Auf der Mikrowelle standen die Teller schon nebeneinander, so war klar, wer als Nächster sein Essen aufwärmen durfte. Sie zog die Schublade mit dem Besteck heraus, nahm sich Messer, Gabel und Löffel und setzte sich. Zuerst unterhielten sie sich noch auf Ungarisch, doch als sie zu essen begannen, wechselten sie zu Englisch. Sie stellten ihr viele Fragen, woher sie komme, was sie bisher gemacht und wo sie gearbeitet habe, wie sie sich hier fühle. Aus der Ukraine, aber nicht aus Kiew, sondern aus Saporischschja. Ja, genau, wie die Automarke. Die Stadt liege südöstlich von Kiew. Nein, sie möge sie nicht so gern, es sei eine Industriestadt ohne besonderen Reiz. Lwiw sei viel schöner, dorthin sollten sie fahren, wenn sie die Ukraine besuchen wollten. Nein, es sei überhaupt nicht so gefährlich wie man sage. Ja, dort habe sie auch bei einer multinationalen Firma gearbeitet, doch sie habe etwas gegen die ukrainische Mentalität. Na ja, ähnlich wie die russische. Man werde herumkommandiert und herablassend behandelt. Ja, auch die russische und die ukrainische Sprache seien ähnlich, sie gehen auf dieselben Wurzeln zurück.

Es gab immer neue Fragen, weshalb sie nur langsam mit ihrem Mittagessen vorankam. Alle waren schon fertig, als sie erst die Hälfte gegessen hatte. Während der Unterhaltung wechselten ihre Kollegen manchmal ein paar Sätze auf Ungarisch miteinander. Sie dachte, vielleicht merkten sie es gar nicht, wenn zwischen all die englischen Sätze hin und wieder ein ungarischer geriet. Ein ungarisches Wort, ein Satzfetzen, ein Satz, Sätze, Geschichten. Manchmal kam es auch vor, dass sie ein paar Minuten lang schwieg und die anderen zu Ungarisch wechselten. Dann tauchten in dem ungarischen Gespräch hin und wieder englische Wörter auf, Satzteile, Sätze. Sie wollte nichts sagen, aß lieber auf und verabschiedete sich. Das wiederholte sich einige Male.

Manchmal, aber immer seltener, fragten sie sie noch, ob sie mit ihnen essen wolle, und sie ging auch nicht mehr gern mit. Sie spürte, dass sich alle etwas unwohl fühlten, wenn sie dabei war.

Um zwölf stehen ihre Kollegen auf und gehen in die Küche. Enikő hat einen Behälter mit Hirse und Fleisch in der Hand, den sie wahrscheinlich am Morgen vergessen hatte, in den Kühlschrank zu stellen. Jetzt wird sie daran riechen müssen, um festzustellen, ob es nicht verdorben ist, da aber die Klimaanlage angeschaltet ist, wird es schon in Ordnung sein. Sie wird auch eine andere Kollegin bitten, daran zu riechen, vielleicht gerade Orsolya oder die Frau mit dem verbrannten Rücken. Sie werden sie damit aufziehen, denkt sie. Sie werden sagen, sie bekomme bestimmt Durchfall, wenn sie es esse, also solle sie vorsichtig sein, sonst verpasse sie noch das Meeting am Nachmittag. Enikő wird sagen, so lustig sei das nun auch wieder nicht und sie könnten nun ruhig das Thema wechseln. Sie werden sich aber über nichts anderes unterhalten wollen und dann kommt eine Reihe von Geschichten rund um die Verdauung. Wenn sie auch dabei wäre, wüsste zunächst niemand, wie man auf Englisch sage, dass sich jemand den Magen verdorben habe. Sie würden nach dem Ausdruck suchen, einander auf Ungarisch fragen, wie man das sagte, sie würde verstehen, worum es ging, und es ihnen sagen. In diesen Geschichten würde es viele solche Wörter geben, zum Beispiel Brechreiz. Sie hat keine Lust, ihnen in die Küche zu folgen. Gianluca kommt zu ihr, fragt, ob sie etwas zu essen dabeihabe, ob sie mit ihm in die Cafeteria oder zu einem Chinesen ein paar Straßen weiter gehen wolle. Sie verneint, sagt, sie sei noch nicht hungrig. Das ist gelogen. Sie ist hungrig. Am ersten Tag hat man sie neben Luca gesetzt. Er war der einzige Ausländer außer ihr, da dachte man sich wohl, es sei sinnvoll, sie nebeneinanderzusetzen. Am Tag darauf sagte Luca, er habe bisher nur wunderschöne Ukrainerinnen getroffen. Sie wollte nicht sagen, dass sie auch schon hässliche gesehen habe, schwieg lieber und starrte auf den Bildschirm, als denke sie gerade angestrengt über etwas nach und hätte ihn daher gar nicht gehört. Luca fragte sie manchmal, ob sie mit ihm zu Mittag essen wolle. Manchmal ging sie mit. Sie aß nicht gern allein, diese Macke hatte sie noch aus der Ukraine, man musste immer in einer Gruppe gehen, sonst starrten einen die anderen beim Essen verstohlen an, fragten sich, warum man allein war. Wenn sie doch einmal allein aß, nahm sie eine Zeitung mit oder ein Buch oder spielte auf ihrem Telefon.

Das wird sie auch jetzt tun, es ist ein Uhr, ihr zittert die Hand vor Hunger. Sie will nicht, dass die anderen denken, sie würde sie meiden, deshalb ist sie nicht schon eher hinausgegangen. Sie trinkt viel Wasser, damit wenigstens ihr Magen nicht laut knurrt. Nun geht sie in die Küche, auf der Mikrowelle steht kein Teller. Sie isst schnell, will noch vor dem Meeting am Nachmittag einen Spaziergang machen. Nach dem Meeting gehen Enikő und ein paar andere spazieren, vier bis fünf Kolleginnen, immer dieselben, sie haben sie noch nie gefragt, nicht einmal am ersten Tag. Vielleicht dachten sie, das liege nicht mehr in ihrer Verantwortung, Mittagessen müsse man ja, aber spazieren gehen nicht unbedingt. Sie geht eine Runde in dem nahe gelegenen Park, sieht Luca von Weitem, sie winken sich zu. Sie weiß nicht, ob er hier Bekannte hat, mit denen er manchmal zu Mittag isst oder ob er allein zum Chinesen oder Kaffeetrinken gegangen ist. Sie beneidet ihn ein wenig, dass er allein sein kann und ihn die Blicke der anderen nicht stören. Vielleicht telefoniert er dabei mit jemandem, im Büro sieht man ihn auch oft telefonieren. Luca wartet auf sie, sie gehen gemeinsam zurück. Vor dem Gebäude fragt er sie, ob sie nicht noch ein wenig spazieren wollen, doch sie macht ihn darauf aufmerksam, wie spät es ist. Es ist kurz vor drei, sagt sie, und um drei beginnt das Meeting. Luca tut so, als wüsste er es, aber das stimmt nicht. Er verspätet sich immer.

Am nächsten Tag kommt sie etwas zeitiger am vereinbarten Treffpunkt an. Orsolya, als Organisatorin, ist schon da, sitzt an einem Tisch. Sie geht zu ihr, begrüßt sie, setzt sich. Ja, ihr gehe es gut, ja, sie habe leicht hergefunden. Nein, sie habe noch nie Laser Tag gespielt. Sie könne es kaum erwarten, das werde bestimmt fun. Ja, mó-ka. Orsolya erzählt ihr von ihrem Tag. Sie sei heute früh so nervös gewesen, ob auch alles klappen würde, dass sie bereits um halb sechs aufgestanden sei, ihr Mann habe gesagt, sie solle sich doch wieder hinlegen, aber sie habe nicht mehr schlafen können. Sie fragt Orsolya, wie sie ihren Mann kennengelernt habe, diese erzählt es ihr. Lachend stellen sie fest, dass das Leben offenbar ein Regisseur mit Humor ist. Orsolya und ihr Mann haben vor fünf Jahren am selben Tag angefangen, bei der Firma zu arbeiten, doch bis vor drei Jahren sind sie sich nie begegnet. Und auch an dem Tag sind sie nur wegen der heruntergefallenen Cremeschnitte ins Gespräch gekommen. Cremeschnitte?, fragt sie nach. Orsolya weiß nicht genau, wie das auf Englisch heißt, kind of cake, sagt sie und zeigt es auch. Sie tut so, als wüsste sie, was gemeint ist, yes, kind of cake.

Langsam kommen auch die anderen, grüßen auf Ungarisch, szervusztok. Sie antwortet mit szia, worüber sich alle sehr freuen. Sie sind schon beinahe vollzählig, nur Luca fehlt. Sie sieht sich um, kann ihn aber nirgends sehen. Es geht los, der Chef erklärt auf Ungarisch, wer in welcher Mannschaft spielt. Sie versteht, dass sie nicht in Orsolyas Team ist, sondern in dem von Enikő und die Kollegin mit dem verbrannten Rücken in dem anderen. Darüber lachen die beiden, Enikő bedeutet der Kollegin mit dem verbrannten Rücken mit Handzeichen, dass sie sie im Blick behalten werde, sie solle sich also in Acht nehmen. Der Chef bemerkt jetzt, dass sie auch da ist, und sagt die letzten Sätze auf Englisch. Sorry, sorry. Ihre

Mannschaft zieht die neongelben Westen über, sie riecht an ihrer, zum Glück stinkt sie nicht. Das Spiel beginnt. Manche verstecken sich in Nischen und schießen von dort aus auf die anderen, andere rennen herum und schießen, es kümmert sie nicht, ob sie getroffen werden. Derjenige, der die meisten getroffen hat, wird selbst am häufigsten getroffen. Ihr macht das Spiel keinen besonderen Spaß, sie streift lieber durch die Räume, Gänge und Nischen, blickt in jede Ecke und findet die Kollegen, die sich dort verstecken. Diese schießen, sie schießt auch. Die Gesamtwertung ergibt, dass sie im Mittelfeld gelegen hat.

Sie gehen in eine Bar in der Nähe. Es ist nicht nur eine Bar, sie heißt auch so: Bár. Das gefällt ihr, denn es lässt sich leicht aussprechen. Bár. Auf dem Weg dorthin geht sie neben Orsolya, sie unterhalten sich gut. Orsolya fragt sie, warum sie nicht mehr mit ihnen zu Mittag isst. Sie versucht, sich herauszureden, in letzter Zeit esse sie lieber später. In der kommenden Woche würden sie aber auf jeden Fall gemeinsam zu Mittag essen. Ja, sie würde das neue Restaurant an der Ecke gern mal ausprobieren, das sei wirklich eine gute Idee. Ihr kommt der Gedanke, dass sie die Sache mit der Sprache vielleicht etwas überbewertet hat. Wieso sollte es denn ein Problem sein, wenn sie ab und zu auch ein bisschen Ungarisch sprechen? Sie würde einfach nachfragen, lustig, höflich. Sie machen es bestimmt nicht mit Absicht. Ihr ist es ja auch schon passiert, dass sie, wenn sie schnell antworten wollte, das eine oder andere ukrainische Wort in einen englischen Satz eingebaut hat.

In der Bar sind zwei Tische reserviert. Sie setzt sich neben Orsolya, Enikő und die anderen, mit denen sie an den ersten Tagen gemeinsam gegessen hat. Sie unterhalten sich auf Englisch, hin und wieder wird etwas auf Ungarisch gesagt, ein Wort, ein Halbsatz, vor allem, wenn es sich um Kommentare handelt. Einer beugt sich zu dem anderen und sagt etwas auf Ungarisch. Das fällt niemandem außer ihr auf, doch sie hört den charakteristischen Rhythmus der Sprache aus dem Stimmengewirr sofort heraus. Es hat doch Spaß gemacht, nicht?, fragt die Kollegin mit dem verbrannten Rücken auf Ungarisch. Sie versteht es nicht. Du weißt doch, móka, fun. Mó-ka. Mó-ka. Pia, sagen sie wieder auf Ungarisch und deuten auf das Glas Wein, das sie in der Hand hält. Pi-a, drink. Bor, wine. Jól berúgni, get drunk. Sie wollen, dass sie es wiederholt. Sie wiederholt es. Móka, pia ist das Gleiche, ruft einer von ihnen, alle lachen. Sie lacht auch. Mó-ka. Pi-a. Sie fragt, warum Luca nicht gekommen sei. Dazu gibt es verschiedene Meinungen. Er komme nie zum Teambuilding, in den drei Jahren, die er nun schon bei ihnen arbeite, habe er an keinem einzigen teilgenommen. Manche sagen, er sei ein Eigenbrötler und möge solche Veranstaltungen nicht, andere sagen, er möge sie nicht. Sie unterhalten sich darüber, dass Luca noch nie mit ihnen zu Mittag gegessen habe, auch am Anfang nicht, er trinke auch nie einen Kaffee mit ihnen. Er sei eben sehr reserviert. Ma-gá-nak való, wiederholen sie mehrmals auf Ungarisch. Wie sagt man das auf Englisch? Reserved, yes, reserved. Ja, Luca reserved, sagt einer der Kollegen und spricht den Namen dabei nicht mit K, sondern Z aus. Er wartet, doch die anderen lachen nicht. Sie versteht die Situation nicht, woraufhin Orsolya ihr erklärt, dass es im Ungarischen den Frauennamen Luca gebe, den man genauso schreibe, aber anders ausspreche. It's not funny, fügt sie hinzu. Danach sprechen sie weiter über ihn, Luca lebe bereits seit sechs Jahren hier und bringe noch immer keinen einzigen Satz auf Ungarisch heraus. Überhaupt gar nichts, dabei habe er sogar schon eine ungarische Freundin gehabt. Wenigstens ihr zuliebe hätte er die Sprache ein bisschen lernen können. Um sie am Morgen mit einem Jó reggelt! zu begrüßen. Do you know these words, right, Ljuba? Immerhin hat er ihren Namen fast richtig ausgesprochen, denkt sie sich. Ja, sie kenne diese Begrüßung, sagt sie. Jó-reg-gelt.

Nach zwei Stunden entschuldigt sie sich, sie müsse nun aufbrechen. Auf dem Heimweg rauschen ihr ungarische Wörter durch den Kopf, jó reggelt, bor, vigyázz magadra, pass auf dich auf. Sobald sie die Bar verlassen hat, haben sie bestimmt gesagt, wie nett sie sei und dass sie jetzt schon mehr ungarische Wörter kenne als Luca. Mehr hätte er auch nicht gebraucht, ein paar Stunden und schon würde er mindestens zehn ungarische Wörter kennen. Pia, bor, magának való. Sie liest die Aufschriften über den Läden. Café and Lunch, Bor Bár,

Söröző. Die Buchstaben, die sie nicht aussprechen kann. So-ro-zo. Sie steigt in die Straßenbahn und spricht in Gedanken die schwer auszusprechenden ungarischen Namen aus: Orschalja, Eniko. Sie lehnt sich an eine der Haltestangen. Ein Junge neben ihr telefoniert auf Ungarisch, sie versucht ein ihr bekanntes Wort zu erhaschen. Sie taucht in den typischen Klang der Sprache ein, lauscht den vielen Es. Falls er ein Wort benutzt, das sie kennt, erkennt sie es nicht, er spricht sehr schnell. Light bulb, hört sie plötzlich. Ihr gegenüber auf dem Zweiersitz unterhalten sich zwei junge Frauen darüber, was für eine Glühbirne sie kaufen sollen. Welche besser sei, die Energiesparlampe oder die LED-Lampe. Okay, but what's the difference? Ljubow schließt die Augen, hört den beiden zu. Fünf Stationen lang unterhalten sie sich über Glühbirnen und Lampen und darüber, in welches Kaufhaus man gehen sollte, in das am Örsvezér Platz oder in das im Stadtteil Újbuda.

Westlich von Székesfehérvár

Ziegelstücke, ein zerbrochenes Waschbecken, Staub. Als wäre etwas durchs Dach ins Badezimmer gestürzt. Ich sehe mich um, da ist nichts außer Schutt und einem toten Vogel. Wie kommt ein toter Vogel hierher? Eine Türkentaube. Zu Hause erwache ich jeden Morgen vom Gurren einer Türkentaube. Manchmal wünsche ich mir, sie würde sterben. Und manchmal, dass sie bleiben soll, ihr Gurren würde mir fehlen. Ich habe mich daran gewöhnt. Solange ich ihren Namen nicht kannte, konnte ich sie nicht von den anderen Tauben unterscheiden. Ein Nachbar hat mir gesagt, wie sie heißt.

Das ganze Haus ist ein Ruine. Die Eingangstür lässt sich schwer öffnen, die Schlüssel klemmen in allen drei Schlössern, man kann sie kaum umdrehen, ich habe immer Angst, sie abzubrechen. Ich kann nicht verstehen, warum sich István hier so verschanzt hat, was er wohl dachte, was man aus dieser Bruchbude mitnehmen könnte. Wohnzimmer, Küche, Bad, die Toilette ist hinten auf dem Hof. Ich hasse es, dorthin zu gehen, es stinkt und von den Wänden hängen braune Spinnen mit großem Hinterleib. Ádám gefällt es, er findet es gut, dass man sich zurückziehen kann, er nimmt den Handbesen mit und fegt die Spinnen von der Wand. Er stellt sich hinter mich, gemeinsam betrachten wir das kaputte Dach. Außer dem zerbrochenen Waschbecken und der unversehrten Wanne gibt es hier nichts. Was zur Hölle, sagt er und macht einen Schritt nach vorn, mitten in den Schutt. Er geht näher an das Loch, blickt hindurch. Wie es aussieht, wird es ein schöner Tag, das Wetter ist klar, sagt er. Ich lache nicht.

Seit drei Wochen kommen wir jedes Wochenende hierher. Wir setzen uns am Samstag früh am Morgen ins Auto und fahren spät am Abend zurück. Am ersten Wochenende haben wir noch hier übernachtet, ich hatte Bettwäsche mitgebracht, ein zusätzliches kleines Kissen für Ádám, das er nachts halb unter sich knüllt, immer wieder, bei jedem Wechsel der Schlafposition. In dem Bett, in dem vor Kurzem noch István gelegen hatte, konnte ich nicht schlafen. Wir brechen so zeitig auf, dass auf der Autobahn noch nicht viel Verkehr herrscht und wir schnell ankommen, am Abend fahren wir vor oder nach der Stoßzeit wieder nach Hause.

Ich weiß nicht, was man mit einem kaputten Dach macht. Ádám starrt auf das Loch und dann auf die Ziegelstücke vor seinen Füßen. Er weiß auch nicht, was wir machen sollen. Einen Dachdecker herbestellen? Wozu? Wir wollen ja nicht hierbleiben. Verkaufen können wir das Haus auch nicht; wer würde es hier, am Ende der Welt, kaufen? Der Garten ist in einem desolaten Zustand, der Zaun wird vom nächsten stärkeren Windstoß umgeweht und jetzt auch noch das Dach. Ich kann mich nicht erinnern, dass es letzte Woche einen Sturm gegeben hätte, der Schotterhaufen im Garten sieht aus wie bisher und an den Bäumen fehlen keine Zweige. Ich gehe ins Wohnzimmer, um meine Tasche zu holen, ich habe sie auf dem Sofa vergessen, auf dem beigen Bezug ist genau zu erkennen, wo István oft gesessen hat, die Stelle ist dunkler. Ich nehme die Pogatschen aus der Tasche und die Thermoskanne mit dem Kaffee, bringe sie in die Küche. Vor zwei Wochen haben wir Plastikteller mitgebracht, um nicht Istváns rissige Porzellanteller benutzen zu müssen. Ich will nicht von den Tellern essen, von denen er gegessen, nicht aus den Gläsern trinken, aus denen er getrunken hat.

Willst du Pogatschen?, rufe ich Ádám ins Bad zu. Ja, antwortet er, ich komme gleich. Den Kaffee gieße ich in Plastikbecher, für mich ein bisschen weniger. Ich mag diese Thermoskanne, sie hält den Kaffee stundenlang warm. Ich nehme meinen Becher, er dampft sogar noch ein bisschen. Setze mich an den Tisch, neben dem zwei verschiedene Stühle stehen, der eine ist aus dunkelbraunem Holz, der andere weiß und aus Kunststoff. Ich beiße in die Pogatsche. Ich höre Ádám im Bad hantieren und dann seine Schritte, die sich nähern. Er steht in der Tür. Pogatschen sollten wir dort nicht mehr kaufen, sage ich. Wieso?, fragt er. Die schmecken wie vor einer Woche gebacken. Er verzieht das Gesicht. Aber man kann sie schon essen. Nimm dir eine.

Heute wollten wir das Wohnzimmer im Ordnung

bringen. Istváns Sachen aus dem Schrank räumen, sie in Säcke packen, zum Roten Kreuz bringen oder wegschmeißen, was schon zu zerschlissen ist. Ich esse auf, wische die Krümel mit der Hand auf und bringe sie zum Mülleimer. Nun widme ich mich dem Wohnzimmer, während Ádám den Schutt aus dem Bad in eine schwarze Mülltüte räumt, doch ist diese zu dünn, die größeren Ziegelstücke reißen Löcher in die Plastikfolie und der zuvor zusammengekehrte Staub rieselt auf den Boden. Verdammte Scheiße, sagt er. Ich kehre es zusammen, sage ich, will die Schaufel holen, doch er sagt, ich solle es lassen. Das könnten wir später noch machen.

Der Schrank ist voller Kleidung. Ich werfe die Sachen auf zwei Haufen, Müll und Rotes Kreuz. Der Haufen für den Müll ist viel größer. István hat sogar Sachen aufgehoben, die schon vollkommen ausgeblichen waren, auf dem ehemals in kräftigem Grün gestreiften T-Shirt ist der Wechsel der Streifen gerade so zu erkennen, der Hosenboden der einen Hose ist so fadenscheinig, dass man ihn nicht einmal mehr ausbessern könnte. Müll, alles Müll. Ich rieche an einem der Pullover. Das ist ein Reflex, zu Hause entscheide ich auch so, ob ein Kleidungsstück gewaschen werden muss oder nicht. Er hat ein wenig Istváns Geruch. Ich weiß nicht, ob ich mich in ein paar Jahren an diesen Geruch erinnern werde. Es ist kein Parfum, nur Seife aus dem Haushaltswarenladen, ein charakteristischer Geruch, der sich mit dem von

Tabak und Schrank vermischt. Vielleicht sollte ich eines der T-Shirts, die in besserem Zustand sind, behalten. Ich betrachte die beiden Haufen, überlege, ob ich einen dritten anfangen soll. Schließlich werfe ich den Pullover auf den Rot-Kreuz-Haufen.

Es steht jemand vorm Tor, sagt Ádám. Er hat sein Shirt ausgezogen, sein Brustkorb ist rot und glänzt vor Schweiß. Er geht zum Fenster. Irgendein Penner, wahrscheinlich ein Nachbar. Ich gehe auch zum Fenster, ein Mann steht vorm Tor und winkt uns zu. Ich lege das T-Shirt, das ich in der Hand halte, auf die Sofalehne und gehe zur Eingangstür. Guten Tag. Guten Tag, antwortet der Mann. Er ist in seinen Sechzigern, näher an der Siebzig, vorne fehlt ihm ein Zahn. Wie kann ich Ihnen helfen? Sind Sie Istváns Tochter? Ich nicke. Er hat viel von Ihnen erzählt, sagte immer, wie stolz er auf seine große Tochter ist, die in Budapest lebt. Ich weiß sofort, dass er lügt. István hat ganz sicher nichts von mir erzählt. Wie kann ich Ihnen helfen?, frage ich erneut. Ich wohne hier in der Nachbarstraße, in der dritten rechts, sagt er und deutet in die Richtung. Hat Ihr Vater Ihnen nie von mir erzählt? Ich bin László Kőszeghi. Kőszeghi mit h. Man nennt mich auch Laci. Ich schüttle den Kopf. Na, dann haben wir ein Problem. Ein großes Problem. Wissen Sie, meine Liebe, ich habe Ihrem Vater vor ein paar Jahren einen Kühlschrank geliehen. Von der Marke Beko. Jetzt, da der Alte gestorben ist, möchte ich ihn zurückbekommen, er hat ihn sich ja sowieso nur ausgeliehen. Hier steht nur ein Kühlschrank der Marke Hausmeister und der ist sehr alt, erwidere ich. Ach ja, Hausmeister, das war es! Den meine ich. Von Beko ist der bei uns daheim. Der Mann sieht mich an, rührt sich nicht. Er hat im Gesicht auf der rechten Seite eine Narbe, sie ist weiß, muss mehrere Jahre alt sein. Ich weiß nicht, seit wann István diesen Kühlschrank hat. Oder von wem er ihn bekommen hat. In Ordnung, sage ich. Sie können ihn mitnehmen. Vielen Dank, ich hole ihn am Nachmittag ab!

Was wollte er?, fragt Ádám. Er steht immer noch am Fenster. Den Kühlschrank, antworte ich. Den Kühlschrank? Du meinst: kaufen? Nein, mitnehmen. Er sagt, er gehöre ihm. Er habe ihn István nur ausgeliehen. Ich gehe zum Kühlschrank, der einen Spalt geöffnet ist. Abgesehen von einem bis zur Hälfte mit Salz gefülltem Schnapsglas ist er leer. Wir haben ihn gleich am ersten Tag ausgeräumt, haben alles weggeworfen, die sauer gewordene Tütenmilch, die Paprikaknacker, die Margarine. Und was hast du gesagt?, fragt Ádám. Er solle ihn mitnehmen, wenn er wolle. Ich schließe die Kühlschranktür, bis auf einen kleinen Spalt. Wir brauchen ihn sowieso nicht. Und er interessiert mich auch nicht. Ádám sagt nichts, geht zurück ins Bad. Ich nehme das T-Shirt, das ich auf die Sofalehne gelegt habe, betrachte die beiden Haufen und werfe es schließlich auf den, der für den Müll bestimmt ist.

Vor zwei Wochen kam eine ältere Frau herein, ohne

zu klopfen. Wir räumten gerade die Küche aus, Ádám hielt die Mülltüte, in die ich den abgelaufenen Kakao und das mottenbefallene Mehl aus dem Küchenschrank warf. Die kleine Frau mit den rot gefärbten Haaren und Augenbrauen ist eine Nachbarin, sie war oft bei István, hat ihm immer mal etwas zu essen vorbeigebracht, wenn bei ihnen etwas übrig blieb. Zumindest hat sie das behauptet. Sie lebe allein mit ihrem Mann, koche aber immer für eine ganze Familie, habe sich auch im Laufe der Jahre nicht daran gewöhnen können, dass die Kinder nicht mehr bei ihnen wohnten. Es bleibe viel übrig, davon habe sie István immer mal etwas gebracht. Als sie vor zwei Wochen vorbeikam, brachte sie uns ein paar Pogatschen. Nach der vielen Arbeit seien wir sicherlich erschöpft, sagte sie. Er war noch so jung, es ist so furchtbar! Wir waren sehr gute Freunde, Ihr Vater war ein guter Mensch. Wir setzten uns an den Esstisch. Wie interessant, sagte sie, ich habe immer hier gesessen, gerade hier, auf dem Stuhl, den Sie mir jetzt angeboten haben, und Ihr Vater dort, wo Sie sitzen. Na ja, Sie sind eben Ihres Vaters Tochter. Die Frau redete viel, vor allem davon, wie schwer das Leben hier sei, es gebe keinen Arzt in der Nähe, erst im nächsten Dorf, die Fabrik sei auch weit weg, sie sei schon vierundsechzig Jahre alt, trotzdem teile man sie, wenn nötig, immer noch für die Nachtschicht ein. Und es sei oft nötig. Sie redete mindestens eine halbe Stunde, währenddessen räumte Ádám im Garten auf. Nach einer halben Stunde rückte die

Frau mit der Sprache heraus: Den Herd habe der Alte noch von ihr bekommen.

Alle nennen István den Alten, dabei war er jünger als diese Frau und auch jünger als Laci. Ich sortiere weiter die Kleidung, ein am Hals eingerissenes weißes Shirt, ein gräuliches Unterhemd. In den letzten Jahren hat István stark abgebaut, ich habe ihn vor drei Jahren das letzte Mal gesehen, da war er auch schon in einem furchtbaren Zustand. Seine Haut strömte den typischen, beißenden Geruch von Alkoholikern aus. Die Frau mit den roten Augenbrauen habe ihm den Herd zwar geschenkt, aber wenn wir ihn nicht bräuchten, würde sie ihn wieder mitnehmen. Ihrer habe gerade den Geist aufgegeben. Das hat sie gesagt. Der Herd sei kaum noch zu gebrauchen, sagte ich, außerdem habe man diese Art Herd schon als lebensgefährlich deklariert. Meinetwegen könne sie ihn aber mitnehmen. Er wird keine fünftausend Forint wert sein. Noch am selben Abend kam sie mit ihrem Ehemann vorbei, einem untersetzten Mann, sie klemmten den Gasherd ab und nahmen ihn mit, vorn der Mann, hinten die Frau, an deren Namen ich mich nicht erinnern kann.

Gegen Mittag bin ich mit dem Sortieren der Kleidung fertig. Der für das Rote Kreuz bestimmte Haufen ist kleiner als der für den Müll. Ich gehe ins Bad, wohin hast du die Müllsäcke getan, frage ich Ádám. Hier, sagt er und gibt mir die Rolle, wobei ich flüchtig den Duft seines Deos wahrnehme. Ich umarme ihn, streichle seinen nackten Rücken, danach ist meine Hand feucht. Er atmet schnell, ich schmiege mich an ihn, atme langsam ein, dann aus, er ebenfalls. Ist es noch viel?, frage ich. Das hier, sagt er und zeigt auf den in einer Ecke zusammengekehrten Schutt. Er habe eine Kiste gefunden, in die er die größeren Stücke werfe, und wenn sie voll sei, bringe er sie raus zu dem Schotterhaufen neben dem Haus. Hast du keinen Hunger?, frage ich. Ich bin gleich fertig, muss nur noch die Kleider in den Sack packen. Ich will das hier zuerst beenden, antwortet er, vielleicht esse ich erst heute Nachmittag. Wohin hast du den Vogel geworfen?, frage ich. Er antwortet mir nicht, gibt mir einen Kuss und fährt mit der Arbeit fort.

Ich gehe zurück ins Wohnzimmer. Reiße einen Müllsack von der Rolle, packe die Sachen hinein. Ein Sack fürs Rote Kreuz und fünf Säcke für den Müll. Das ist wahrscheinlich die gesamte Kleidung, die István besessen hat. Er hat kein Kleidungsstück je weggeworfen, hat alles aufgehoben, man wirft nichts weg, sagte er immer. Das sagte er auch, als ich als Kind den blank geleckten Saure-Sahne-Becher wegwerfen wollte. Ich durfte stets den Rest auslöffeln, ich aß die saure Sahne gern pur. Auch Senf. Manchmal, wenn er vom Einkauf heimkam, holte er aus dem Beutel eine 70-Gramm-Senftube hervor und gab sie mir, ohne dass Mama es sah. Ich drehte den Deckel ab und drückte mir den Senf in den Mund. Dein Magen muss aus Eisen sein, sagte István dann. Die leeren Saure-Sahne-Becher und Tomatenkonserven spülte er aus und brachte sie in seine Werkstatt, um Angelhaken und Nägel darin aufzubewahren. Er warf nie etwas weg. Das hier, in diesen Säcken, muss seine gesamte Kleidung sein, alles, was er je getragen hat. Ab der Zeit, als er nicht mehr wuchs. Im Alter schrumpfte er dann wieder, wie Viskosekleidung, wenn ich sie aus Versehen bei sechzig Grad wasche.

Ich lehne die Säcke an die Wand, gehe in die Küche, packe die mitgebrachten Behälter mit dem Reis und Fleisch aus und tue etwas davon auf einen Plastikteller. Dann gehe ich zurück ins Wohnzimmer. Mit den Schränken sind wir schon fertig, aus der Vitrine habe ich mir etwas von dem alten Porzellan genommen, was noch Istváns Mutter gehört hat. Ich öffne die Kommode, sie ist voller verfärbter Bettlaken. Auf der Kommode stehen ein paar Fotos. István vor dem Haus, mit einem breiten Grinsen, er ist jung, um die vierzig. Auf dem Bild erkenne ich das Haus kaum. Mama und ich sind nach der Scheidung in Székesfehérvár geblieben. In meiner Erinnerung habe ich geweint, als István hierhergezogen ist. Es liegt dreißig Kilometer westlich von Székesfehérvár. Damals hat er auch schon viel getrunken, er kam öfter betrunken nach Hause als nüchtern, dann war sein Blick seltsam vernebelt, und er ging geradewegs ins Zimmer und legte sich aufs Bett. Ich kletterte auf ihn, drückte mein Ohr an seinen Rücken und lauschte seinem Schnarchen. Ich bohrte den Finger zwischen seine Rippen und wartete, ob er davon aufwachen würde. Er wachte nicht auf. Das andere ist das Hochzeitsbild der beiden in einem, verglichen mit den anderen, prächtigeren, von kleinen Ranken verzierten Rahmen. Es stehen noch zwei Schwarz-Weiß-Bilder da und ein altes Farbfoto, auf dem ich auf einer roten Schaukel sitze. An diese rote Schaukel kann ich mich nicht erinnern. Auf einem der Schwarz-Weiß-Bilder ist meine Großmutter in ihren Zwanzigern, die, die ich nie getroffen habe. Auf dem anderen ist ein Mann, den ich nicht kenne. Vielleicht einer seiner älteren Brüder, István war der Jüngste. Bei uns zu Hause war dieses Bild nicht aufgestellt gewesen, ich kann mich nicht erinnern, dass ich diesen Mann auf einem der Fotos von damals gesehen hätte. Es gab viele Bilder von mir und Mama, auf einem sehen wir uns an und lachen. Mama mochte das Bild sehr. Jetzt ist es bei mir in Budapest, es hängt an der Wand neben dem Bücherregal. Ihr Parfum steht auch noch halb voll im Schrank, der Deckel ist schon vergilbt. Eines ihrer Lieblingskleider habe ich auch mitgenommen, es steht mir gut, aber ich trage es nie. Es gehört ihr.

Ádám bringt eine weitere Kiste Schutt auf den Hof, ich werfe den Plastikteller in den Müll. Ein paar Reiskörner fallen auf den Boden, ich sammle sie auf. Er unterhält sich mit jemandem. Ich gehe zu ihm, denn er unterhält sich nicht gern mit Fremden. Er erzählt gerade, dass das Dach eingebrochen ist. Eingebrochen?, fragt der Mann. Wir verstehen auch nicht, wie das passieren konnte. Guten Tag, sage ich. Haben Sie nichts gesehen?, frage ich. Gab es einen Sturm? Einen Sturm? Den gab es schon, antwortet der Mann, meine Vögel haben ein bisschen verrücktgespielt, wissen Sie, ich habe ein paar Vögel, Tauben, aber merkwürdig ist das trotzdem. Ein Dach bricht doch nicht einfach so ein. Wir nicken, ich lege meine Hand auf Ádáms Schulter. Er entschuldigt sich und geht zurück ins Haus. Sie sind Barbara, stimmt's? Bara, antworte ich. Bara, ja. Ihr Vater und ich haben viel Zeit zusammen verbracht. Wir haben Karten gespielt, uns unterhalten. Haben ferngesehen, auf der alten Kiste. Wissen Sie, die ist zu nichts mehr zu gebrauchen, man muss sie treten, damit sie angeht, und manchmal flackert das Bild ziemlich. Der Ton hakt auch hin und wieder, dann klingen alle wie Roboter, wissen Sie. Letztens haben wir uns gerade ein Fußballspiel angesehen, als das Bild angefangen hat zu flackern und der Ton sich verzerrt hat, und wir wussten nicht, ob die Leute jubeln, Beifall klatschen oder nur der Fernseher spinnt. Was wollen Sie?, unterbreche ich ihn. Also, wenn Sie mich so direkt fragen, ich hätte gern den Fernseher. Der ist sowieso zu nichts mehr zu gebrauchen, die Fernbedienung funktioniert auch nicht richtig, hier nimmt er nur den Platz weg, und ich würde mich über ihn freuen, er würde mich an István erinnern. Ich gehe zum Tor, der Mann kommt herein, sagt etwas, aber ich höre ihm nicht zu. Ich bleibe draußen, am Zaun, der Wind weht, ich fahre mir mit der Zunge über die Lippen. Als Kind habe ich das so oft gemacht, dass die Haut um meinen Mund herum völlig rot war. Der Mann kommt mit dem Fernseher in den Händen zurück, und bevor er geht, sagt er, er freue sich, dass diese Aasgeier nicht auch noch den Fernseher mitgenommen hätten. Wie meinen Sie das?, frage ich. Na ja, ich habe sie gesehen. Letzte Woche war Borsa hier, Borsa, Sie wissen schon, die Rothaarige, vielleicht kennen Sie sie als Erzsi, zusammen mit ihrem Mann, und heute Laci. Aasgeier, wiederholt er und geht mit dem Fernseher unterm Arm durchs Gartentor.

Ich schließe es hinter ihm. Ich weiß nicht einmal, wie er heißt. Nennen wir ihn Laci II. Neben der Tür hängt ein kaputter Spiegel an der Wand, ein Riss verläuft von links nach rechts. Ich betrachte mein Gesicht. Als Kind mochte ich die vollen Lippen, die gerade Nase, die blauen Augen. Mama mochte Istváns volle Lippen, seine gerade Nase und blauen Augen auch. Sie freute sich, dass ich diese meerblauen Augen geerbt habe. Inzwischen empfinde ich weder Freude noch Ärger darüber, dass ich ihm so ähnlich sehe. Manchmal finde ich es schade, dass ich nicht Mamas braune Augen habe.

Ich gehe zurück ins Wohnzimmer, räume die Bettlaken aus. Auf manchen sind braune Flecken zu sehen. Ich reiße einen Müllsack von der Rolle, stopfe die Laken hinein, stelle ihn neben die anderen an die Wand. Die Frau mit den roten Augenbrauen, die die Pogatschen gebracht hat, heißt also Erzsi Borsa. Ob Borsa wohl ihr

Mädchenname ist oder der Name ihres Mannes? Vor vier Jahren, als Ádám und ich uns verlobten, wollte ich seinen Namen noch nicht annehmen. Ich wollte meinen eigenen behalten. Barbara Petrovics, Tochter von István Petrovics und Magdolna Szigetkúti. Schließlich nahm ich ihn vor zwei Jahren, als wir heirateten, dann doch an. Ich hole meinen Personalausweis aus der Tasche. Barbara Boda. Die Frau von Ádám Boda. Manchmal sehe ich mich so, nicht nur als Barbara, sondern auch als die Frau von irgendjemandem. So spricht Ádám vor Fremden über mich. Meine Frau. Mein Mann. Unser Kind, sollten wir irgendwann eins haben, wird Boda heißen, nicht Boda-Petrovics. Das mussten wir vor unserer Hochzeit festlegen. Ádám fragte mich mehrmals, ob ich mir sicher sei. Ja, das sei ich.

Ich habe der Frau mit den roten Augenbrauen, also Erzsi, erzählt, dass wir das Haus verkaufen wollen. Sie war ganz verdutzt, wusste gar nicht, was sie sagen sollte. Ver…kaufen? Dieses Haus? Das kauft doch keiner, sagte sie. Wer sollte es kaufen? Einen Versuch ist es wert, erwiderte ich. Erzsi schüttelte nur den Kopf und ging. Mit dem Loch im Dach werde ich es nicht mehr verkaufen können. Investieren will ich nichts. Ich muss es noch mit Ádám besprechen, aber er will das Ganze auch nur noch hinter sich lassen. Einmal kommen wir noch her, wenn überhaupt.

Unter dem Sofa finde ich ein T-Shirt. Vor drei Jahren, als wir István zu seinem Geburtstag besucht haben, hat er dieses T-Shirt getragen. Wir hatten Wein mitgebracht und für Ádám alkoholfreies Bier. Ich hatte Gewissensbisse. Wir fuhren die Autobahn M7 entlang und ich dachte daran, dass ich István ein Jahr zuvor das letzte Mal besucht hatte. Auch zu seinem Geburtstag. Er wollte uns nie in Budapest besuchen. Das Tor stand offen, wir gingen hinein, Ádám trug die Tüten und ich die Torte für acht Personen. Russische Cremetorte. Die Tür war verschlossen, und wir klopften vergeblich. Wir stellten alles ab, ich suchte Istváns Nummer in meinem Telefon, wir hatten am Tag zuvor das letzte Mal miteinander gesprochen. Er wusste, dass wir kommen würden. Es klingelte, aber er nahm nicht ab. Ich drückte das Ohr an die Eingangstür, in der Hoffnung, ich würde es klingeln hören. Nichts. Ich ging bis zum Ende der Straße, dann zurück zum Gartentor. Ádám saß auf der Treppenstufe vor der Eingangstür. Vierzig Minuten später tauchte István auf, ich habe nur mit meinen Freunden ein bisschen was getrunken, zur Feier des Tages, und dabei ist die Zeit verflogen. Kommt vor, so was. Im Haus konnte ich die Lasagne, die ich in der Auflaufform mitgebracht hatte, nirgendwo abstellen, Tisch und Arbeitsfläche waren voll mit schmutzigem Geschirr, Gläsern und leeren Flaschen. Schieb's einfach rüber, sagte István mit breiiger Stimme. Ádám strich mir, während wir aufräumten, jedes Mal, wenn er an mir vorbeiging, über den Rücken oder den Arm. Die Flaschen warfen wir in den Müll oder stellten sie daneben, als sie nicht mehr hineinpassten. Werft sie nicht weg, rief István, werft sie ja nicht weg, man wirft nichts weg! Ich tat so, als würde ich ihn nicht hören, und István ging nach einer Weile ins Wohnzimmer. Einige Monate später meldete ich mich bei ihm, um ihn für Weihnachten einzuladen, was er sogar annahm, doch als der Tag kam, rief er mich an und sagte, er könne doch nicht kommen. Bei ihm gebe es einen Rohrbruch. Inzwischen kannte ich alle seine Ausreden.

Das T-Shirt lege ich auf den Haufen, der in den Müll kommt. Ich stecke den Kopf durch die Badezimmertür, ich bin fertig mit den Schränken, sage ich. Ádám fegt gerade, der Staub wird aufgewirbelt, erfüllt die Luft. Ich bin auch gleich fertig, antwortet er, kehre das nur noch zusammen und das war's. Geh raus, es ist wahnsinnig staubig hier. Ich gehe zurück ins Wohnzimmer. Setze mich aufs Sofa, die Beine über Kreuz. Ich habe mich nicht dorthin gesetzt, wo István stets gesessen hat, sondern auf die andere Seite. Das Zimmer ist leer. Hinter der geschlossenen Schranktür ist keine Kleidung. In den Regalen stehen keine Gegenstände, die Fotos habe ich in meiner Tasche verstaut, ich weiß noch nicht, was ich mit ihnen anfangen soll. Der Fernseher ist nicht da, aber die Fernbedienung liegt auf dem Couchtisch, Laci II. hat vergessen, sie mitzunehmen. István ist nicht da. Auf der Kommode steht eine halb volle 1,5-Liter-Wasserflasche. Es ist bereits nach eins, ich hätte sie austrinken müssen. Ádám erinnert mich immer daran, mehr zu trinken. Ich stehe auf, trinke das inzwischen lauwarme Wasser. Ich kann nicht mehr, gleich übergebe ich mich, denke ich, doch es passiert nichts, ich trinke die ganze Flasche aus.

Wir packen den Sack fürs Rote Kreuz ins Auto, schalten den Strom ab, schließen das Plumpsklo zu. Die Eingangstür schließe ich nicht ab, Laci II. wird vorbeikommen und die Fernbedienung holen. Ab jetzt wird er mit der Handfläche gegen den Fernseher klopfen, die riesigen Knöpfe aus aller Kraft mit dem Daumen drücken, damit das Gerät umschaltet. Laci I. hat den Kühlschrank noch nicht abgeholt, er kommt auch noch vorbei. Wir setzen uns in den Wagen, an Ádáms Hals ist ein dunkler Streifen, den hat er vorhin, als er sich nach der Arbeit gewaschen hat, übersehen. Ich befeuchte meinen Finger mit der Zunge und wische ihn ab. Wir fahren los, biegen rechts auf die Hauptstraße ein. Wir nehmen den Weg über die neue Autobahn M7 nach Budapest.

Fünfundzwanzig Meter

Der Nachbar von oben hat Mutter Spitztittenflittchen genannt. Er sei betrunken gewesen, und sie habe gar nicht reagiert. Sie erzählt es meinem Vater beim Geschirrspülen, dieser Idiot habe sich gestern Abend wieder besoffen. Alles ist voller Schaum, ihre Arme sind nass bis zu den Ellenbogen. Sie ist gereizt. Der hat sie nicht alle, fügt sie hinzu. Die Teller rutschen ihr aus der Hand, zurück in die Spüle. Es blubbert, sie verschwinden unter dem Schaum. Wieso, was hat er denn gemacht?, fragt Vater. Nichts hat er gemacht. Nur gesagt. Vater geht hinauf zum Nachbarn, klopft, die Tür wird geöffnet und fällt im nächsten Moment hinter ihm zu. Ich frage Mutter, ob er dem Nachbarn jetzt wegen des Spitztittenflittchens eine reinhauen werde, doch sie sagt, nein, das werde er nicht, außerdem solle ich das Wort mit F nicht benutzen. Und auch die Spitztitten nicht. Welches Wort mit F, fragt mein Bruder, der gerade in die Küche kommt. Na, Flittchen, antworte ich. Ich weiß nicht, ob Vater den Nachbarn geschlagen hat, über so etwas sprechen meine Eltern nicht mit mir, auch mit meinem Bruder nicht, dabei ist er ein Jahr älter als ich. Das ist viel.

Vater sagt zu mir, er sei nicht aggressiv, auch wenn

der Nachbar das behaupte. Nicht er sei aggressiv, sondern meine Mutter zu schön. Die Männer drehten sich auf der Straße nach ihr um, eigentlich müsste er sie überallhin begleiten, aber das gehe ja nun auch wieder nicht. Ihr langes Haar sei das Schönste, was man sich vorstellen könne, sagt er, am liebsten würde er sich damit zudecken. Niemand solle es bekommen, sie solle es bloß nicht abschneiden lassen, fleht er sie an, wenn er betrunken ist. Da droht ihm Mutter, genau das werde sie, verflucht noch mal, tun. Sie würde es nie tun, denn es freut sie, dass Vater sich am liebsten damit zudecken würde, weil es das Schönste ist, was man sich vorstellen kann. Sie ist gern schön, weiß nicht, wie es ist, wenn man nicht schön ist. Sie weiß, dass man sie beobachtet, wohin sie auch geht, man ihren Blick erhaschen will, ihr in die dunkelbraunen Augen schauen. Sie sieht niemanden an, weiß es aber. An ihrer Stelle sehe ich die Leute an, mich beobachtet niemand. Ich bin nicht gern hässlich, ich weiß, wie es ist, wenn jemand schön ist. Mutter sagt, ich sei schön, aber sie lügt. Sie weiß nicht, wie es ist, hässlich zu sein, während einem vorgelogen wird, man sei schön.

Manchmal gehe ich nachts zu ihnen ins Schlafzimmer. Mein Bruder macht das nie, er ist schon groß und fürchtet sich nicht im Dunkeln. Mutters Haar liegt ausgebreitet auf ihrem Kissen, erstreckt sich bis zu dem meines Vaters, kitzelt ihn an der Nase. Er riecht im Schlaf daran, während er sich umdreht. Manchmal zieht er ein langes blondes Haar aus seinem Hintern, er macht oft Scherze darüber, dass Mutters Haare überall sind, sogar dort. Er schluckt sie nachts im Schlaf hinunter. Alle schlafen, ich stehe am Fußende des Bettes und warte, dass mein Blick sie weckt. Vater schnarcht, wahrscheinlich ist er gerade dabei, eines von Mutters Haaren zu verschlucken. Sie wachen nicht auf, spüren nicht, dass ich da bin. Ich lege mich auf Mutters Seite auf den Teppichboden und am Morgen wache ich zwischen ihnen im Bett auf.

Ich mag Vater nicht, wenn er betrunken ist. Ich sage ihm dann, dass ich ihn gerade nicht mag, er solle mich bloß nicht ansprechen, er rieche aus dem Mund. Ich mag ihn oft nicht, auch Mutter mag ihn in solchen Momenten nicht, was noch schlimmer ist, ich muss ihn schließlich mögen, weil er mein Vater ist, da vergeht das Nichtmögen schnell. Ich ahne, dass sie, obwohl sie seine Frau ist, nichts muss. Wenn er nach Hause kommt, auf allen vieren durchs Treppenhaus, sagt sie nichts, doch am nächsten Tag streiten sie sich, ohne sich zu streiten. Sie spielen uns etwas vor, aber ich sehe, dass Mutter nicht die ruhige Ehefrau ist. Sie ist wütend, das verrät mir die tiefe Falte zwischen ihren Augenbrauen, die noch tiefer wird, wenn Vater trinkt. Und er ist nicht der gleichgültige Ehemann, sondern der schuldbewusste, bei dem so etwas nie wieder vorkommen wird. Auch das ist nur ein Spiel, Vater spielt die Rolle dessen, der nie, nie wieder, nein, auch nicht, wenn man ihm drohe, nicht, wenn man ihm eine Pistole an den Kopf halte, nicht mal, wenn seine Freunde ihn überreden wollten, und Mutter spielt die Rolle der Frau, die ihm das glaubt.

Vater rezitiert am Tisch Gedichte. Er hat sie noch in der Schule gelernt und ist stolz darauf, sich an jedes Wort zu erinnern. Wenn wir mit dem Essen fertig sind, sagt er: Sie ist fromm und zahm und wiederkäut geduldig, bleibt ihr Kälbchen auch an Stößen ihr nichts schuldig. Wir sitzen zu viert am Tisch, jeder an seinem festen Platz. Ich neben Vater, mein Bruder neben Mutter. Vater kocht, wenn Mutter arbeitet. Euer Vater ist eure Mutter, scherzt unsere Lehrerin, er holt uns von der Schule ab, bringt uns zum Schwimmen, geht zu den Elternabenden. Mutter geht morgens früh los, um sechs, sie arbeitet in Buda, im Morgenverkehr braucht sie fast zwei Stunden zur Arbeit. Sie kommt abends um sieben nach Hause, zehn von vierundzwanzig Stunden sind wir mit unserem Vater zusammen, mit ihr nur zwei. Vater kann deshalb so viel Zeit mit uns verbringen, weil er nicht arbeitet. Er ist arbeitslos. Die Arbeitslosen haben genug Zeit für ihre Kinder. Wir kochen gemeinsam, wenn Mutter nach Hause kommt, ist das Abendessen schon fertig. Wir machen immer Kronstädter Geschnetzeltes, das ist ihr Lieblingsgericht. Mutter sagt, ihr werde schon ganz übel vom Kronstädter Geschnetzelten, er könne doch auch mal etwas Neues lernen, aber sie isst es trotzdem, und danach sagt sie, wie gut es gewesen sei. Sie sagt es, weil sein Geschnetzeltes wirklich gut schmeckt. Vater meint, das liege daran, dass man meine Hilfe herausschmecke.

Er bringt uns zum Schwimmen. Jeden Montag und Donnerstag schwimme ich eine Bahn nach der anderen, zuerst auf dem Rücken, dann kommt das Brustschwimmen. Mein Bruder will mit mir um die Wette schwimmen, fast immer kommt er eine Körperlänge vor mir an, seine Körperlänge, nicht meine. Manchmal sogar die von Vater. Wenn ich schwimme, geht Vater neben mir entlang, beim Rückenschwimmen sehe ich ihn nicht, nur beim Brustschwimmen, seine Füße und Waden. Bei Wettkämpfen ruft er meinen Namen erst, wenn ich schon kurz vorm Ende der Bahn bin. Das ist unser Trick, so weiß ich, wann das Ende des Beckens kommt. Beim Rückenschwimmen sehe ich die Decke der Schwimmhalle, suche nach einem Riss, einem Fleck, irgendetwas, das mir hilft, abzuschätzen, wie weit entfernt der Beckenrand noch ist. Ich kann mich nicht umdrehen, da läuft mir immer das Wasser in die Nase. Mein Bruder kann es auch nicht, das tröstet mich. Er ist ein Jahr älter und einen halben Kopf größer. Wenn wir tauchen und ich den Arm ausstrecke, erreichen meine Fingerspitzen die Wasseroberfläche nicht. Bei ihm ist die halbe Hand überm Wasser. Wir schwimmen immer, auch im Winter, da ist es auf dem Heimweg schon dunkel. Manchmal kommt Vater auch ins Wasser, aber meist schaut er nur vom Beckenrand aus zu. Ich gehe allein in die Damenumkleide, ziehe mich um, setze die

Badekappe noch nicht auf. Wenn ich zum Becken komme, sind sie schon da, mein Bruder im Wasser. Er spritzt mich voll, das Wasser ist kalt. Es ist immer kalt. Vater bindet mir die Haare zusammen, setzt mir die Kappe auf. Keine einzige Strähne lugt hervor, beim Schwimmen rutscht mir die Kappe nicht vom Kopf. Wir sind zwei Stunden im Wasser, Vater sagt, wir müssen die zwei Stunden ausnutzen, so lange sei die Eintrittskarte gültig. Er freut sich sehr, wenn wir manchmal zweieinhalb oder sogar drei Stunden bleiben können, ohne dass jemand etwas sagt, wir wollen nie aus dem Wasser kommen, nur noch zehn Minuten, betteln wir. Wenn wir rausgeklettert sind, wickelt Vater uns beide in große Handtücher. Sie gehen in die Männer-, ich in die Damenumkleide. Es dauert lange, bis ich mir nach dem Duschen die Haare getrocknet habe. Ich kämme sie nicht richtig aus, und dadurch trocknen sie langsamer. Vater und mein Bruder sitzen schon unten in der Cafeteria und essen, wenn ich komme. Wie kannst du dir nur so lange die Federn putzen, zitiert mein Bruder Vaters Spruch, er hat schon ein halbes überbackenes Schinkensandwich gegessen. Vater gibt mir Geld, ich stelle mich in die Schlange, lasse mir von Teri, der Frau hinterm Tresen, ein überbackenes Schinkensandwich geben. Während ich esse, streicht Vater mir über den Kopf, um zu sehen, ob meine Haare noch feucht sind. Mit nassen Haaren gehen wir nicht los, außer im Sommer. Das Auskämmen hat aber nicht so ganz geklappt, sagt er. Ich esse und er versucht, mir dabei die Haare mit den Fingern zu entwirren. Manchmal quengele ich, dass es wehtut, dabei stimmt es gar nicht, er ist sehr vorsichtig. Am Eingang holt er die Mützen hervor, drückt sie uns auf den Kopf. Wenn er sie nicht einstecken würde, würden wir sie zu Hause vergessen. Wir kommen heim, und Mutter ist immer noch nicht da.

Vater vergisst ihren Hochzeitstag nie. Er nimmt mich und meinen Bruder mit in den Blumenladen, sagt, wir sollten ihr jeder eine Blume kaufen. Wir suchen jeweils eine aus, auf dem Rückweg machen wir in der Eckkneipe Halt. Wir setzen uns an die Bar, er hilft mir, auf den hohen Barhocker zu steigen. Ich komme mit den Füßen nicht bis zum Boden, baumle mit den Beinen, manchmal trete ich meinen Bruder aus Versehen. Dann tritt er aus Versehen zurück. Vater sagt, wir sollen uns ordentlich benehmen, für mich bestellt er einen Apfelsaft, für meinen Bruder eine Cola, für sich selbst ein kleines Bier. Zu dem Mann hinter der Theke sagt er, Tibi, sei so nett und beeil dich, wir müssen nach Hause. Tibi beeilt sich, gibt ihm einen Bierdeckel, stellt das Glas drauf. Wenn ich den Apfelsaft ausgetrunken habe, ist auch er mit seinem Bier fertig. Er zahlt, und wir gehen los, in der einen Hand hält er die Blumen, in der anderen meine Hand. Beim Überqueren der Straße sagt er zu meinem Bruder, nimm deine Schwester an die Hand, doch der verzieht nur das Gesicht, nimmt meine Hand nicht, sondern klammert sich an Vaters Arm. Zu

Hause geben wir Mutter die Blumen, sie spielt die Überraschte. Ich würde immer zu dir finden, selbst wenn ich blind und stumm wäre, sagt Vater zu ihr. Mutter lächelt und stellt die Rose, die Narzisse und die Lilie in eine Vase. In freundlichem, leisem Ton sagt sie, noch schöner wäre diese rote Rose, wenn sie nicht nach Bier riechen würde. Ich schnüffle an mir, ob ich vielleicht auch nach Bier rieche, aber ich merke nichts. Ich weiß nicht, ob Vater deshalb einen roten Kopf hat, weil er errötet oder weil wir von draußen gekommen sind, und es hier warm ist. Mutter schimpft freundlich und leise mit ihm, ich weiß, er bekommt heute bestimmt kein Geschenk. Drei Tage später, als ich die Nase in den Strauß stecke, riecht das Wasser anders. Abgestanden, man müsste es täglich wechseln. Dafür hat Mutter keine Zeit. Wenn sie abends heimkommt, freut sie sich, zwei oder drei Stunden mit uns verbringen zu können, an die Vase und das abgestandene Wasser denkt sie nicht.

Wir gehen zur Weihnachtsfeier in Mutters Betrieb, sie sagt, es wird Salzgebäck geben, Torte, Apfelsaft, alles, was ich mir wünsche. Ausnahmsweise halte ich ihre Hand, sie meine, Vater die meines Bruders, mein Bruder Vaters Hand. Mutter hat mir erlaubt, mir die Augen mit Glitzerlidschatten zu schminken, das gibt mir das Gefühl, schön zu sein, und als sie sagt, wie schön ich sei, denke ich zum ersten Mal, dass sie nicht lügt. Sie schminkt sich kaum, hat nur etwas roten Lippenstift aufgelegt, ein wenig Glitzer auf die Lider, damit man sieht, dass sie meine Mutter ist und ich ihre Tochter bin. Im Bus spielen wir, dass sie ich ist und ich sie bin, wir sitzen uns gegenüber, sehen uns an, egal, was ich mache, sie ahmt es nach, als wäre sie mein Spiegel. Ich drehe den Kopf ein bisschen, strecke die Zunge raus, und auch sie dreht den Kopf, streckt die Zunge raus. Ich spitze die Lippen, sie spitzt die Lippen. Beim Aussteigen setze ich zuerst den rechten Fuß auf den Boden, sie ebenfalls. Wir sind früh gekommen, es sind erst ein paar Leute im Saal. Wir setzen uns an einen Tisch, Vater geht sofort zum Tresen, mir bringt er einen Apfelsaft mit, meinem Bruder eine Cola, Mutter, die es ja süß liebe, bekommt einen halbtrockenen Rotwein und er selbst trinkt ein Bier. Jetzt sagt Mutter nichts, schließlich ist es Weihnachten, wir stoßen an, Vater sagt, man müsse dabei dem anderen in die Augen blicken. Ich blicke ihm in die Augen, blicke Mutter in die Augen, was sie erwidert, meinem Bruder blicke ich nicht in die Augen. Die Zeit vergeht, ihre Kolleginnen treffen ein, sie arbeitet nur mit Frauen, es gibt kaum einen Mann. Darüber ist Vater froh, so muss er sie nicht den ganzen Abend im Auge behalten, er geht immer wieder zum Tresen, schafft es nicht, nach einem oder zwei Bier aufzuhören. Mutter bemerkt es nicht, erst als er vom Stuhl kippt. Hab mich danebengesetzt, sagt er, alles is in Ordnung, hab mich nur daneben… danebengesetzt. Mutter hilft ihm aufzustehen, die Falte zwischen ihren Augenbrauen ist tief, sie sieht uns an, fragend, was solle sie jetzt bloß tun, und sie sieht, dass ich Angst habe. Ich weiß nicht, ob ich Angst habe, weil ich mir Sorgen mache, dass Vater etwas zustoßen könnte, oder mir Sorgen um sie mache, dass sie gleich in Tränen ausbrechen wird, wo sie doch nie weint, oder mir um mich Sorgen mache, was ich tun werde, wenn meinem Vater etwas zustößt und meine Mutter weint. Sie sagt, wir sollten gehen, meine Hand kann sie jetzt nicht halten, sie muss ja Vater halten. Einige fragen, ob sie uns nach Hause bringen sollen, sie sagt, das ist nicht nötig, vielen Dank, wir kommen schon allein zurecht. Ich würde immer zu dir finden, selbst wenn ich blind und stumm wäre, flüstert Vater ihr auf dem Heimweg ins Ohr.

Ich habe Angst, dass sie sich scheiden lassen. Mutter diskutiert oft mit Vater, freundlich, leise. Mein Bruder und ich sind in unserem Zimmer, aber ich höre es im Hintergrund, der Tonfall ihrer Unterhaltung ändert sich. Das Wort Abhängigkeit fällt in Mutters freundlichem, leisem Ton. Wiederholt ist das ihr Thema, Vater und seine Abhängigkeit. Die Angst, sie würden sich scheiden lassen, beginnt, als Mutter ihn laut anschreit, Vater nur abwinkt, ins Bett fällt, und sie allein bleibt mit ihrer Wut. Sie läuft in der Wohnung auf und ab, mit dröhnendem Schritt. Vater wacht davon nicht auf, nur der Nachbar unter uns, der mit dem Besenstiel gegen die Decke klopft. Hinaufkommen und an die Tür klopfen traut er sich nicht. Wenn wir ihn im Treppenhaus nicht zuerst grüßen, grüßt er nicht. Mutter drückt mir immer die Hand, wenn man grüßen muss. Manchmal grüße ich die Falschen. Ich habe Angst, sie lässt sich von Vater scheiden, denn sie schimpft nicht mehr freundlich und leise mit ihm. Dabei müsste ich gar keine Angst haben, Vater stirbt, und deshalb kommt es nie zur Scheidung.

*

Lass uns ins Schwimmbad gehen, sage ich zu Mutter. Sie will nicht. Sie sieht fern, Hallmark, den Sender, auf dem immer Filme mit dramatischer Handlung laufen. Mutter mag solche Filme. Manchmal sieht sie sich drei oder vier nacheinander an. An solchen Tagen hat sie am Abend Kopfschmerzen, bittet mich, sie zu einem Spaziergang zu begleiten, vielleicht würden sie davon weggehen. Sie gehen nicht weg, aber es hilft ein bisschen. Sie sagt, nicht der Spaziergang helfe, sondern dass sie mit mir spazieren gehe. Sie hakt sich bei mir unter, wir gehen einige Runden um den Block, winken den alten Frauen auf den Bänken, streicheln Marcsi, den Dackel des Nachbarn, der immer in Mutters Garten pinkelt. Wir wohnen in einem Neubau, trotzdem hat sie einen kleinen Garten, direkt unter ihrem Fenster. Er hatte der Nachbarin, Tante Emma, gehört, aber nach ihrem Tod hat sich Mutter um die Narzissen und den Rosenbusch gekümmert. Sie hat es nicht über sich gebracht, den Garten sich selbst zu überlassen. Schließlich liege er unter ihrem

Fenster, es sei also ihre Aufgabe. Schon damals war sie nicht jeden Tag draußen, nur am Wochenende, gegen Abend, als die Sonne hinter der Arztpraxis bereits untergegangen, es jedoch noch hell war. Seit man ihr die Arbeitsunfähigkeit bescheinigt hat, arbeitet sie auch im Garten nicht mehr, das Unkraut steht kniehoch.

Sie muss mich immer an Vaters Geburtstag erinnern. Ich weiß, dass er irgendwann im Januar ist, aber das Datum kann ich mir einfach nicht merken. Das Datum seines Todes weiß ich genau, da war ich schon dabei. Ich wäre auch gern bei seiner Geburt dabei gewesen. Sie waren dabei, als ich geboren wurde, haben es gesehen, und ich sehe sie sterben. Mutter beginnt schon einige Tage vor Vaters Todestag, sich darauf vorzubereiten. Diese Vorbereitung läuft in ihr ab, zu uns sagt sie nichts, doch sieht man ihr die Anspannung an, als könnte Vater noch einmal sterben. Und dann noch einmal und noch einmal, jedes Jahr aufs Neue. Einmal sagte sie an seinem Todestag, dass er in diesem Jahr dreiundvierzig geworden wäre. Früher betrug der Altersunterschied zwischen ihnen nur zwei Jahre, nun wird er immer größer, Vater bleibt vierzig, Mutter wird dreiundvierzig, vierundvierzig, fünfundvierzig und so weiter. Mutter zählt viel. Ich zähle, wie viele Jahre ich schon ohne ihn gelebt habe, sie zählt, wie alt er wäre, wenn er nicht gestorben wäre, und wie groß der Altersunterschied nun zwischen ihnen ist. Sie zählt auch, wie lange sie schon Witwe ist. Mein Bruder zählt bestimmt auch etwas, aber

Mutter sagt, mein Bruder sei wie eine verschlossene Tür. Wir können klopfen, so laut wir wollen, er lässt uns nicht hinein. Sie weiß nicht, dass sie auch so ist, ihre Traurigkeit fließt nach innen. Vor uns verliert sie nie die Fassung, kommt allein zurecht, und auch wir kommen allein zurecht. Ich lasse meine Traurigkeit hinausfließen, aber nur ein bisschen, nur so sehr, dass wir es alle noch ertragen können. Wenn ich weine, weint sie auch. Wenn ich nur ein bisschen weine, kann sie es noch zurückhalten. Wenn mein Bruder nicht weint, weint sie etwas mehr.

Wir gehen jedes Jahr mindestens einmal zum Friedhof, Mutter ist es lieber, wenn wir öfter gehen. Man muss lange spazieren, es dauert eine halbe Stunde, bis wir an Vaters Grab ankommen. Wir gehen zu dritt, ich verstehe es nicht wirklich (warum zur Hölle müssen wir schon wieder herkommen, das ist ja nicht das Entscheidende), sage aber nichts, mein Bruder versteht es auch nicht und sagt es. Er schimpft laut, kickt die größeren Steine weg, tritt absichtlich in die Pfützen (er habe Besseres zu tun, als ständig hier anzutanzen, wir seien ja erst vor einem halben Jahr hier gewesen, und er habe heute ein Fußballspiel). Mutter sagt, er sei in der Pubertät, weshalb sie ihm dieses Verhalten nachsehe, trotzdem solle er den Mund halten. An Vaters Grab angekommen, ist unsere Wut verflogen, so lang ist der Weg. Wir laufen sie aus uns heraus. Schimpfen nicht mehr, weder laut noch lautlos, mein Bruder geht und füllt die Vase mit frischem

Wasser, das sind weitere vier Minuten zu Fuß, aber jetzt stört es ihn nicht, ich fege mit dem Handfeger über den weißen Grabstein, Mutter zündet die Kerze an. Manchmal wird unser Grablicht geklaut, deshalb bringen wir immer ein neues mit. Diesmal wurde es nicht geklaut, der rote Kerzenhalter steht dort, wo wir ihn zuletzt gelassen haben. Mein Bruder kommt mit dem Wasser, wir stellen die Blume, die wir mitgebracht haben, in die Vase. Stehen ein wenig am Grab. Ich bin ungeduldig, weiß nicht, was ich mit mir anfangen soll, sehe mich um, lese die Inschriften der umliegenden Gräber, Vater liegt inmitten von alten Männern und Frauen. Mein Bruder weiß auch nicht, was er mit sich anfangen soll, fragt alle paar Minuten nach der Uhrzeit und in der Zeit dazwischen scharrt er mit der Schuhspitze in der Erde. Was ist, willst du deinen Vater ausgraben, fragt Mutter ihn dann. Unter Vaters Namen wurde etwas Platz frei gelassen, es passen gerade noch ein Name und zwei Jahreszahlen dahin. Diese Stelle fixiert Mutter, sie stellt sich ihren Namen und die Jahreszahlen vor. Ich mache das Gleiche, für die zweite Zahl versuche ich an ein weit in der Zukunft liegendes Datum zu denken, 2040, da wäre sie in ihren Achtzigern. Wenn wir ankommen und bevor wir gehen, streicht Mutter über den Grabstein. Schon als es noch kein Grabstein, sondern nur ein Holzkreuz war, strich sie darüber. Das macht mich verlegen, das passt nicht zu ihr. Wir verabschieden uns nicht gern in der Öffentlichkeit, sie mag es nicht, wenn ich am Ende eines dummen Films weine, weil es zu keiner Versöhnung gekommen ist. Sie sagt, Weinen sei überflüssig. Und jetzt steht sie da und streichelt den Grabstein.

Laci, der Nachbar von oben, klopft wieder einmal an die Tür. Er klopft ständig, egal, was wir machen. Die Musik sei zu laut, wir hätten ihn zu leise gegrüßt, wir hätten auf dem Hof hinterm Haus herumgetobt. Er wolle mit Mutter reden, sagt er, als ich die Tür öffne. Ich darf niemanden hereinlassen, die Tür hätte ich auch schon nicht öffnen dürfen, Mutter wird mich fragen, ob ich davor durch den Spion geschaut habe. Ich werde sagen, ja. Ich rufe sie, gehe in mein Zimmer, schließe die Tür nicht, lasse sie einen Spalt weit geöffnet. Durch diesen strömt der muffige Geruch des Treppenhauses herein, ich atme ihn ein und lausche dabei, was Laci wohl sagt. Laci ist der Meinung, Mutter müsse ihre Kinder (uns) erziehen, sie (wir) wüssten nicht, wie man sich ordentlich benehme, bräuchten einen Vater, ein starkes Vorbild, die (wir) bräuchten eine starke väterliche Hand. Mutter hört ihm zu, und als er fertig ist, sagt sie nur, wenn er nicht erfahren wolle, wie sich eine starke mütterliche Hand anfühle, solle er schleunigst verschwinden, zurück zu seiner stocksteifen Frau. Ich bin stolz auf sie, als sie ihm die Tür vor der Nase zuknallt. Sie schließt sie ab, zuerst oben, dann unten und geht zurück in ihr Zimmer. Ich gehe zu ihr, sie hat sich eine Zigarette angezündet. Sie steht auf, geht zur Balkontür. Sie ist angespannt, wippt unruhig auf und ab, die Falte zwischen den Augenbrauen ist tief. Mit einem zurückgewiesenen Mann muss man sehr aufpassen, sagt sie.

Mutter denkt, wir wüssten nichts von Vaters explodierter Leber. Sie trinkt nur Wein und auch das nur einmal pro Woche, höchstens zweimal, 0,1, höchstens 0,15 Liter. Halbtrockenen Rotwein. Vater hat sie deshalb immer aufgezogen, für ihre Vorliebe für liebliche Weine, echter Wein sei trocken, das wisse doch jeder. Mutter sagt, sie könne sich glücklich schätzen, weil sie keine Veranlagung zur Abhängigkeit habe. Ich spreche sie aufs Rauchen an, dazu sagt sie nichts. Wenn ich hartnäckig bleibe, sagt sie nur: Nussschokolade. Mir fallen nicht die richtigen Argumente ein, warum Schokolade etwas anderes ist als Zigaretten. Sie gewinnt, aber selbst wenn sie nicht gewinnen würde, wäre es egal, sie ist meine Mutter und ich kann sie nicht ermahnen, wenn sie raucht. Ich erinnere sie auch daran, wie gut sie es sich nach der Operation abgewöhnt habe, wie lange war das noch mal?, frage ich. Sechs Monate, antwortet sie. Seit sie wieder angefangen hat, raucht sie zumindest nicht mehr in der Wohnung, sondern auf dem Balkon. Außer, wenn sie nicht hinausgeht, weil sie es vergisst.

Mutter hat ein bisschen zugenommen. Wir gehen in einen Secondhandlanden, suchen lange. Es ist Frühling, und sie schwitzt, der Schweiß läuft ihr die Schläfen hinunter. Wir suchen ein Kleid, in dem man es nicht sieht. Polyester atmet nicht. Polyester ist ausgeschlossen. Leinenkleider sind unangenehm auf der Haut, zudem schwer, die könne sie nicht schleppen. Leinen ist auch ausgeschlossen. In den einfachen hellen Kleidern würde man den Schweiß am Rücken, unter den Armen und an der Taille sehen. Also sind einfache helle Kleider ausgeschlossen, obwohl sie die am meisten mag. Sie müsse lernen, sich praktisch zu kleiden, nicht so, wie sie gern würde. Die Frauen starren sie an, achten jedoch darauf, dass sie es nicht bemerkt. Auf mich achten sie nicht, ich sehe, wie sie ihren Kopf unter dem Kopftuch mustern. Mutter ist Mitte vierzig, nicht Mitte fünfzig oder sechzig. Sie haben bestimmt auch Kinder und denken daran, was mit denen passieren würde, wenn sie Krebs hätten. Wenn ihnen die Haare ausfallen würden und sie sich ein Kopftuch umbinden müssten. Die Augen schminkt sie sich wohl auch deshalb so stark, weil ihr die Wimpern ausgefallen sind. Sie bekommt bestimmt eine intensive Chemotherapie, es muss ziemlich ernst sein. Ich sehe die Frauen so böse an, wie ich nur kann. Ich möchte nicht, dass sie merkt, wie sie von ihnen angestarrt wird. Manche sehen mich an, schauen weg. Wir durchsuchen die Kleiderhaufen, ich von rechts, sie von links, wir treffen uns in der Mitte. Die meisten Kleidungsstücke sind aus Polyester, wir müssen lange suchen, bis wir ein Oberteil finden, in dem nicht einmal fünf Prozent Polyester oder Polyamid enthalten sind und das ausreichend gemustert ist, um Mutters Schweiß zu verbergen. Wir finden ein paar aus Baumwolle und

Viskose, den Stoff mag sie am liebsten, er ist leicht und kratzt nicht. Ich lüge ihr vor, dass ihr diese Kleider gut stehen.

Sie bringt mir Pfeifen bei. Wir gehen vom Markt nach Hause, in einer Hand hält sie den Beutel mit den Socken für meinen Bruder, dessen großer Zeh immer ein Loch in den Stoff bohrt, sie kommt gar nicht hinterher mit dem Kauf von Sportsocken, in der anderen Hand hält sie meine Hand. Sie trägt eines der T-Shirts, die wir gekauft haben, es ist weit und lässt sie etwas dicker erscheinen. Sie hat sich die Brust nicht umgeschnallt, aber unter dem T-Shirt sieht man nicht, dass sie nur eine hat. Sie schwitzt, aber auch das sieht man nicht, wir haben das richtige gekauft. Sie lässt meine Hand los, zeigt mir, wie man pfeift. Sie steckt Daumen und Zeigefinger in den Mund, pfeift. Ich stecke auch beide Finger in den Mund, aber als ich es versuche, passiert nichts, nur mein Speichel blubbert. Nicht so, sie zeigt es noch einmal. Es klappt wieder nicht, nicht einmal ein kleiner, schwacher Pfiff will mir gelingen. Nach einer Weile geben wir es auf, fassen uns wieder an den Händen. Beide sind speichelfeucht. Es stört mich nicht.

Mutter kocht immer seltener. Sie hat keine Geduld, am Herd zu stehen, zum Markt zu gehen, um günstig Fleisch, Kartoffeln, Gemüse zu kaufen, alles nach Hause zu schleppen, den schweren Beutel abwechselnd in der einen, dann in der anderen Hand zu tragen, zu Hause über die Stelle zu reiben, an der der Beutel ihr in die

Hand geschnitten hat, die Rötung verschwindet immer nur langsam. Mein Bruder und ich helfen ihr nicht, wir haben uns daran gewöhnt, dass unsere Mutter keine Hilfe braucht. Mutter kommt allein zurecht, seit vier Jahren kommt sie allein zurecht. Wir zählen die Jahre anders, seit Vater gestorben ist. Ich zähle nicht nur, wie alt ich bin, sondern auch, seit wie vielen Jahren er tot ist. Ich wurde im Juli geboren, er ist im Juli gestorben, nur eben zehn Jahre später. Ich habe Angst vor dem Moment, in dem ich schon mehr ohne Vater als mit ihm gelebt haben werde. Wenn ich für ihn elf Jahre zählen werde. Ich weiß nicht, was dann sein wird, vielleicht fange ich an, schlagartig zu vergessen.

Mutter könnte ich nie vergessen. Es ist Samstagmorgen um neun, ich höre, wie sie sich in der Küche die Beine epiliert. Ich frage nicht, warum sie es in der Küche macht. Vielleicht ist das Bad zu dunkel. So ist Mutter, sie kocht in der Küche, knetet den Teig für den Kuchen und epiliert sich jede zweite Woche die Beine, danach kehrt sie die Härchen zusammen, wirft sie in den Müll, manchmal fallen einige daneben. Sie hat es auch bei mir einmal versucht, aber es ist viel schlimmer, wenn es jemand anderes macht, ich habe es nicht ausgehalten und gesagt, wir sollten aufhören. Nachdem sie fertig ist und die Haare auf dem Linoleum zusammengekehrt hat, macht sie Frühstück. Ich bin vierzehn Jahre alt, und meine Mutter macht mir das Frühstück. Sie schneidet das Brot auf, beschmiert die Scheiben mit Butter, belegt sie mit Salami. Wir setzen uns in die Küche, essen die Brote, sie kaut auf dem Brotkanten herum, kann ihn aber nicht essen, ihr ist übel, sie legt ihn weg. Ihr wird von allem übel, sie war vorgestern bei der Chemotherapie.

Ich begleite sie dorthin. Ich mache es öfter als mein Bruder, der eine verschlossene Tür ist. Wir gehen einmal im Monat, sind einige Stunden dort, bis die Flüssigkeit hindurchgelaufen ist, dabei unterhalten wir uns. Es sind immer mehrere Patienten im Raum, wir wollen uns nicht mit ihnen unterhalten, keine von uns beiden schließt leicht Bekanntschaften, vor allem nicht im Krankenhaus, während Mutter am Tropf hängt. Die Schwestern finden ihre Vene nie, sie müssen es mehrmals versuchen, manchmal bitten sie sie, ihnen ihre andere Hand zu geben. Ich betrachte ihr Gesicht, sie verzieht keine Miene. Ich weiß nicht, ob sie dieses Herumgepikse genauso reglos ertragen würde, wenn ich nicht dabei wäre. Sie sagt, ich fürchtete mich auch an ihrer Stelle, es sei mir anzusehen, wie große Angst ich hätte. Ich solle aber keine Angst haben, es tue nicht weh, außerdem sei es gleich vorbei. Und dann ist es auch gleich vorbei, als würde ihre Stimme auch die Schwester beruhigen, sie findet die Vene, nun tropft die Flüssigkeit. Obwohl wir es nicht wollen, sprechen uns manche an, mit ihnen muss man sich unterhalten. Eine Frau um die sechzig wendet sich an Mutter, sagen Sie, Liebste, was für ein Krebs ist es denn, fragt sie. Vor allem über den Krebs spricht Mutter nicht gern, sie mag es auch nicht, wenn man sie Liebste nennt, antwortet trotzdem, Brustkrebs. Einige Jahre später antwortet sie, Knochenkrebs. Bei mir auch, sagt die alte Dame. Mein Mann ist vor Kurzem gestorben, kein Wunder, dass ich daran erkrankt bin. Meine Enkelkinder helfen mir viel, aber das ist doch nicht das Gleiche, ich bin oft allein. Das hat auch meine Ärztin gesagt, Dr. Komjáthy. Kennen Sie sie? Sie ist mein teurer Schutzengel, sie hat gesagt, wir haben diesen Krebs noch rechtzeitig erwischt, trotzdem braucht es die Chemotherapie, nur um sicherzugehen. Sie hat mir gut zugeredet, dass ich mich in Ordnung bringe, wissen Sie, Liebste, seelisch. Krebs ist eine Krankheit seelischen Ursprungs, das sagt sie immer. Und ich glaube ihr. Wissen Sie, mir ging es nicht gut, nachdem mein Mann gestorben war. Ich bin allein, völlig allein, in einem riesigen Haus. Ich muss es lernen, allein zu sein. Ja, das muss ich. Mutter nickt nur, etwas anderes muss sie gar nicht tun, die alte Dame unterhält sich mit sich selbst. Währenddessen spielen wir in meinem Heft Fünf in eine Reihe, es sieht ganz danach aus, dass ich gewinnen werde. Ich weiß nicht, ob ich besser spiele oder ob sie mich gewinnen lässt. Nachdem die Flüssigkeit aus beiden Beuteln durchgelaufen ist, ruhen wir uns ein bisschen aus und brechen dann auf. Vor oder nach der Behandlung essen wir in der Cafeteria des Krankenhauses mit Schnitzel belegte Brote. In Wirklichkeit esse nur ich, sie bestellt auch eines, isst es aber nie, nimmt nur aus dem Inneren des Brötchens ein paar kleine Stücke.

Sie will nicht ins Schwimmbad gehen. Es sei doch nicht weit, das Wasser werde ihr guttun, sie erfrischen, versuche ich sie zu überzeugen, aber sie lehnt es immer ab. Sie solle sich vorstellen, dass Wasser sei angenehm, nur im ersten Moment erscheine es einem zu kalt, doch wenn man schon drinnen sei, gewöhne sich der Körper rasch daran. In der Schwimmhalle ist alles ruhig, blau und weiß, jeder achtet nur auf seine eigenen Armbewegungen und auf den Beckenrand. Wir können in einer der Bahnen am Rand schwimmen, sie kann sich jederzeit festhalten, beobachten, wie das Wasser im Beckenrand verschwindet. Sie hat ja auch eine Badekappe, die setzen wir ihr auf, niemand wird bemerken, dass sie keine Haare hat. In der Umkleide stelle ich mich mit unserem großen Handtuch vor sie, keiner wird sehen, dass ihr eine Brust fehlt. Wenn sie ein bisschen schwimmt, es muss ja gar nicht viel sein, nur ein bisschen, verschwinden ihre Kopfschmerzen und sie wird auch besser schlafen können. Danach essen wir überbackene Brote in der Cafeteria. Die Brote werden nicht mehr von Teri herausgegeben, sondern von ihrer Tochter, ich weiß nicht, wie sie heißt. Es ist nicht weit, wir können hin und zurück zu Fuß gehen. Komm, Mama, lass uns ins Schwimmbad gehen. Mutter will nicht, sie sagt, es sei nicht wegen ihrer Haare, auch nicht wegen der Brust. Sie könne nicht allein aus dem Wasser klettern, auch wenn es da eine Leiter gebe, sie könne sich daran nicht hinaufziehen. Ich sei ja erst fünfzehn Jahre alt und noch nicht stark genug, um ihren fünfundsiebzig Kilo schweren Körper aus dem Wasser zu ziehen, wenn sie es allein nicht schaffe. Das sagt sie, ich, die Tochter, sei nicht stark genug, um sie, die Mutter, aus dem Wasser zu ziehen.

Anmerkung

Das Zitat »Sie ist fromm und zahm und wiederkäut geduldig, bleibt ihr Kälbchen auch an Stößen ihr nichts schuldig« stammt aus dem Gedicht »Familienkreis« von János Arany, aus dem Ungarischen in der Nachdichtung von Annemarie Bostroem.

Die Nordseite der Kettenbrücke

Ich traue mich nicht, seine Hand anzufassen. Meine Hand schwitzt. Das passiert, wenn ich nervös bin. Jetzt bin ich nervös, weil ich seine Hand anfassen muss und meine Hand schwitzt. Wenn ich früher die Hand meiner Mutter, meines Vaters oder die eines Freundes lange gehalten habe, schwitzte sie danach noch mehr. Einmal bemerkte ich, wie mein Vater sich die Hand an der Hose abwischte, nachdem er meine losgelassen hatte. Ich wusste nicht, ob es wegen mir war oder wegen seiner eigenen Hand, ob die vielleicht auch leicht schwitzte. Wir haben dieselbe Blutgruppe, AB. Die kommt am seltensten vor, sagte Vater, du hast dieselbe wie ich. Gut, das ist offenbar so eine Vater-Tochter-Sache. Lange dachte ich, dass unsere Hände vielleicht deshalb schwitzten.

Ich traue mich nicht, seine Hand anzufassen. Wir spazieren auf den Gellért-Berg, er kennt einen Ort, wo nicht so viele Menschen sind. Ich bin in Pest aufgewachsen, das letzte Mal war ich mit sieben Jahren in den Budaer Bergen. Das sage ich nicht. Wir steigen die Serpentine hinauf, ich versuche ruhig zu atmen, nicht zu keuchen. Auf dem Spielplatz stehen die Kinder an der Rutsche Schlange, ihre Eltern halten ihnen die

Hand. Ich habe mit meinen Freunden immer hier gekifft, sagt er. Also nicht hier, berichtigt er sich, sondern dort, wo wir jetzt hingehen. Zu dritt oder zu viert, mehr passen dort gar nicht hin. Ich hoffe, es sind nicht viele da. Keine Ahnung, ich war schon lange nicht mehr hier. Außerdem war es damals dunkel, ich bin mir nicht sicher, ob wir jetzt rechts abbiegen müssen oder erst weiter oben. Er bleibt stehen, sieht sich um, beugt sich über das Geländer. Ach ja, hier ist es, sagt er und springt hinüber. Ich steige ebenfalls drüber. Ich achte darauf, nicht mit dem Fuß hängen zu bleiben, ich habe Angst, mir die Hose zu zerreißen. Wir steigen hinab, er geht auf dem schmalen Pfad voran. Ich schiebe die Zweige beiseite, denke daran, dass ich vergessen habe, mich mit Zeckenspray einzusprühen. Zu Hause werde ich mich untersuchen müssen, vor allem die Kniekehlen und die Stellen, wo die Haut weicher und dünner ist. Auf dem Abhang rutsche ich nicht aus, am Ende ergreift er meine Hand, um mir auf der letzten, steileren Strecke zu helfen, und erst dann bemerke ich, dass es passiert ist.

Gestern habe ich seine Hand zum ersten Mal angefasst. Wir hatten ausgemacht, dass wir uns an der Nordseite der Kettenbrücke treffen würden. Zuerst dachte ich, er meine die Budaer Seite, aber er hatte ja auch geschrieben, in der Mitte. Auf der Nordseite in der Mitte. Dort wartete er auf mich, ich wollte ihn mit einem Wangenkuss begrüßen, doch er streckte mir die Hand entgegen. Ich war so nervös, dass ich gar nicht darauf achtete, sie fest zu drücken und ihm in die Augen zu sehen. Darauf achte ich sonst immer, in die Augen sehen, fest drücken. Für den Namen reicht meine Aufmerksamkeit nie, weder für den Vornamen noch für den Nachnamen. Seinen Namen kannte ich.

Außer uns sitzen nur ein Junge um die zwanzig und ein etwas jüngeres Mädchen an dem kleinen Aussichtspunkt und trinken Bier. Er begrüßt sie, Hi. Hi, sagen die beiden. Hi, sage auch ich. Wir setzen uns auf die niedrige Steinmauer, er zieht ein Bein an den Oberkörper heran, stützt sich darauf. Ich setze mich halb mit dem Rücken zur Pester Seite, um ihn zu sehen. Ich habe Höhenangst, blicke vorsichtig hinunter, kann aber nicht einschätzen, wie hoch wir sind. Zwanzig, vielleicht dreißig Meter? Es erscheint mir wenig, erscheint mir viel. Wir sind ziemlich weit oben, man kann ganz Pest überblicken, er zeigt mir, wo was ist. Das ist die Kuppel der Basilika, siehst du?, fragt er. Dort ist der Ostbahnhof und dort der Palast der Künste, den sieht man von hier zwar nicht, er ist aber auch da. Und ich wohne irgendwo dort, nicht weit vom Ostbahnhof. Und da ist das Dach meiner alten Schule, das rötliche, siehst du es? Ich blicke in die Richtung, in die er deutet, kann es aber nicht erkennen. Ja, antworte ich. Mein Gott, wie viel Blödsinn wir veranstaltet haben!, sagt er. Fast jeden Monat musste ich dem Schulleiter einen Besuch abstatten. Einmal haben wir die Kreide aus allen Räumen geklaut. Seitdem werden die Türen verschlossen. Rauchen im Klo?, frage ich. Na klar, täglich, das war eigentlich gar nichts Besonderes, antwortet er. Ich habe noch nie im Klo geraucht, tue aber so als ob. Mit dreizehn habe ich es einmal versucht, aber nicht in der Schule, sondern beim Rákos-Bach, habe zwei Zigaretten geraucht und es dann meiner Mutter erzählt. Sie hätte es sowieso gerochen. Danach habe ich zwei Wochen lang geglaubt, ich würde Zungenkrebs bekommen. Einer aus meiner Klasse hatte gesagt, das sei schon nach einer einzigen Zigarette möglich, und die Wahrscheinlichkeit steige, wenn man sie nicht auf Lunge rauche. Ich hatte sie nicht auf Lunge geraucht.

Wie warst du so?, fragt er. Also einmal war ich auch beim Schulleiter. Aber ansonsten war ich eher gut in der Schule, habe an allen Veranstaltungen teilgenommen, am Nationalfeiertag Gedichte aufgesagt und so weiter. Weißt du, ich war die typische brave Schülerin. Ah, das passt, ich war der schlimme Junge und habe mich immer zu den braven Mädchen hingezogen gefühlt. Und ich mich zu den schlimmen Jungs. Er lächelt. Ich mag es, wenn jemand beim Lächeln Falten um den Mund herum bekommt. Er erzählt von allen vier Jahren des Gymnasiums, erinnert sich bis ins kleinste Detail daran, wann und wie er einen Fußball ins Fenster des Schulleiters geschossen hat, wie er aus einer Telefonzelle angerufen und für einen Bombenalarm gesorgt hat, weil er sich vor der Klassenarbeit über Funktionen drücken wollte. Ich höre ihm nicht die ganze Zeit zu. Beim Sprechen lächelt er oft, dann lächle ich auch automatisch, denke aber darüber nach, was für ein T-Shirt er wohl unter dem Pullover trägt. Und wie seine Brust unter dem T-Shirt aussieht. Ob er auch dort blonde Haare hat wie auf dem Kopf oder ob sie dunkler sind. Vielleicht rot.

Es wird allmählich dunkel, ich reibe mir die Arme. Er reibt mir ebenfalls die Arme und fragt, ob ich seinen Mantel anziehen möchte. Ich schüttle den Kopf. Man sieht die Zweige kaum noch, die über den Pfad hängen, einer schnippst mir ins Gesicht, er geht vorn, ich folge ihm lieber mit etwas Abstand. Oben angekommen hilft er mir, übers Geländer zu steigen. Wieder ergreift er meine Hand und lässt sie nun auch nicht mehr los. Ich lasse es zu. Seine Hand ist etwas rau. Er begleitet mich zur Bushaltestelle, umarmt mich, damit ich nicht so sehr friere. Er gibt mir einen flüchtigen Kuss auf den Mund. Es ist bestimmt erst der fünfte Bus, in den ich einsteige.

Ich wache davon auf, dass er mich fotografiert, während ich schlafe. Was machst du?, frage ich. Nichts, schlaf weiter. Du weißt, dass ich das nicht mag. Das Licht fiel nur so schön auf dich, sagt er und zeigt mir, dass die kleinen Löcher in dem Rollladen Lichtpunkte auf meinen Bauch und meine Schultern geworfen haben. Sie leuchten richtig. Er legt die Kamera auf den Nachttisch, streicht mir über den Bauch und küsst meine Schulter. Geh heute nicht arbeiten. Sag, dass du krank bist. Dass du Durchfall hast oder so. Ich soll sagen, ich habe Durchfall? Genau! Dagegen kann man nichts tun. Er versucht mich zu überzeugen, wir könnten gleich wieder einschlafen und den ganzen Tag im Bett verbringen. Ich schreibe meinem Chef eine Nachricht, dass ich heute nicht arbeiten gehe. Magenverstimmung. Zufrieden verteilt er Küsse auf meinem Bauch, legt das Ohr auf meinen Bauchnabel. Es rumort, sagt er. Er rutscht höher, legt seinen Kopf auf meinen Brustkorb. Wenn du Luft holst, schlägt dein Herz schneller. Ich habe eine kardiale Arrhythmie. Was ist das? Das heißt, dass das Herz unregelmäßig schlägt. Oder dass es in zwei Takten einmal zu oft schlägt, ich weiß es nicht mehr genau. Das Telefon piept, mein Chef wünscht mir gute Besserung. Mein Magen krampft sich leicht zusammen. Ich habe mich noch nie krankgemeldet, wenn ich nicht krank war. Sie wissen es bestimmt. Sie wissen, dass ich nicht krank bin. Sie werden darüber reden, gestern ging es mir doch noch gut, aber Magen-Darm-Geschichten sind nun einmal so, sie fangen immer nachts an und es gibt keine Vorzeichen. Er steht auf, zieht den Rollladen hoch, ich bedecke die Augen, das Licht ist zu grell. Lass uns irgendwo frühstücken gehen, sagt er. Also bleiben wir nicht den ganzen Tag hier liegen?, frage ich. Das können wir später noch.

Er zieht die Hose an, ich suche in der Kommode nach einem sauberen Slip, einen BH ziehe ich nicht an, wir gehen nur in das Frühstückscafé an der Ecke. Ich schließe die Tür, überprüfe zweimal, ob sie tatsächlich zu ist. Komm schon, sagt er, du hast zugeschlossen. Ja, ich überprüfe es ja nur, sage ich und gehe noch einmal zurück, stecke den Schlüssel ins Schloss und drehe ihn bis zum Anschlag. Das nächste Mal schließe ich zu, sagt er auf dem Weg nach unten. Vertraust du mir? Dass ich richtig zuschließe? Bei der Haustür lässt er mich vor, legt mir den Arm um die Schulter. Ich mache dasselbe mit dem Licht, sagt er. Manchmal bin ich schon im Bett und stehe auf, um zu überprüfen, ob ich auch im Bad das Licht ausgeschaltet habe.

Im Café gibt es eine lange Schlange, aber die Tische sind leer. Alle gehen arbeiten. Ich liege gerade mit einem verdorbenen Magen zu Hause und gehe nicht arbeiten. Er geht auch nicht, muss heute nicht arbeiten, erst übermorgen hat er wieder einen Fotojob. Im alten Freibad in Lepence, das schon seit fünfzehn Jahren geschlossen ist. Dort gibt es nichts als Schwimmbecken voller Laub, Kondomen und Schokoladenpapier und einem alten Häuschen, in dem der Kiosk war. Wir sind an der Reihe, er bestellt eine Bacontasche und ich ein Omelette, dazu nehmen wir beide jeweils einen Kaffee. Er einen schwarzen, ich einen Latte. Das ist doch gar kein Kaffee, sagt er, als wir uns an den Fenstertisch setzen. Ich würde mich lieber an einen anderen Tisch setzen, wo es ruhiger ist und uns die Leute an der Bushaltestelle nicht sehen. Nicht sehen, wie wir Kaffee trinken und sie anstarren. Das ist doch nur eine heiße Milch mit Zucker und Schaum. Ich mag diese heiße Milch mit Zucker und Schaum, antworte ich. Hier, nimm, sagt er und will mir seine Tasse geben. Koste mal, das ist richtiger Kaffee. Ich schüttle den Kopf, aber er zieht die Hand nicht zurück. Ich koste und spüre ein bitteres Kratzen auf der Zunge. Das ist zu stark für mich, sage ich. Es ist bitter. Natürlich ist es bitter, Kaffee ist nun einmal bitter. So schmeckt richtiger Kaffee. Es ist nur eine Illusion, dass man Süßes an einem anderen Bereich der Zunge schmeckt als Bitteres, wusstest du das? Er wischt sich die Hände an der Serviette ab, schiebt den leeren Teller weg und trinkt den Rest des Kaffees aus. Ich bin eine langsame Esserin, sage ich, und er streichelt mir den Oberschenkel. Aber weißt du auch, warum?, fragt er. Nachdem du ein Stück abgeschnitten hast, nimmst du die Gabel aus der linken Hand in die rechte. Ich nehme an, weil du mit rechts geschickter bist. Hast du das nie bemerkt? Nein, antworte ich. Ich mache das wirklich, aber mir ist erst jetzt bewusst geworden, dass ich deshalb zweimal so lange fürs Essen brauche.

Er schlägt vor spazieren zu gehen. Das Wetter ist so schön, warum sollten wir nicht gehen? Wir haben heute sowieso nichts zu tun. Vorher würde ich noch einmal rasch hinaufgehen, um mich umzuziehen, antworte ich und gehe los in Richtung des Hauses. Ich will einen BH anziehen, aber das spreche ich nicht aus. Nein, lass uns nicht hinaufgehen, sagt er bestimmt und ergreift meine Hand, sonst bleiben wir dort. Er zieht mich hinter sich her. Ich gehe mit.

Wir spazieren durch die Straßen, ich folge ihm.

Manchmal bleibt er stehen, um zu fotografieren, er hat die Kamera stets dabei, sieht aber trotzdem nicht wie ein Tourist aus. Allein schon dadurch, wie er sie hält, eine D700 Nikon, das ist wichtig. Er bleibt vor einem Haus stehen, es ist leicht verfallen, die Scheibe eines der riesigen Flügelfenster ist zerborsten. Er fotografiert die kaputte Scheibe und den Efeu an der Hauswand. Es ist bestimmt interessant dort drinnen, sagt er, versucht, das Tor aufzudrücken, aber es gibt nicht nach. Er sieht mich an, sagt, er würde gern hineingehen. Ich nicht, sage ich, das ist doch verrückt. Er wisse, dass ich gern hineingehen würde, ich solle ihm nichts vormachen. Komm, schauen wir es uns doch mal an. Er geht am Zaun entlang auf und ab, das ist die Hausnummer vierundzwanzig. Die sechsundzwanzig ist ein leeres Grundstück und von der zweiundzwanzig sieht man nicht herüber, auf der Seite ist alles voller Unkraut. Hier ist niemand, wir könnten locker einsteigen, hier muss man einsteigen, sagt er und versucht noch einmal, das Tor zu öffnen, diesmal drückt er etwas stärker. Es klappt. Wir machen nichts, sehen uns nur an, wie es von innen aussieht, sagt er. Ich solle keine Angst haben, er sei schon oft in verlassene Häuser eingestiegen, das interessiere keinen.

Ich folge ihm. Das Tor quietscht, lässt sich schwer öffnen und wieder schließen, er schiebt es, bis das Schloss einrastet. Er hält meine Hand, ich ziehe ein bisschen an seiner, damit er langsamer wird. Er geht zu der Wand mit dem Efeu, will ein paar Fotos machen. Mit gemächlichen Schritten, die Hände in den Hosentaschen, geht er zum hinterm Haus gelegenen Teil des Gartens, als würde er sich nur ansehen wollen, wie groß dieser ist und ob es genug Platz für einen Swimmingpool gibt, weil wir uns andernfalls leider gegen den Kauf entscheiden müssten. Ich folge ihm langsam, das Haus hat einen riesigen Garten, könnte in der Anzeige stehen. Wo das Haus endet, bleibe ich stehen wie an einer Grenze. Auf dem Friedhof empfinde ich es auch immer als unangenehm, wenn ich über eine fremde Parzelle zwischen fremden Gräbern entlanggehen muss. In diesem Garten war seit Jahren niemand mehr gewesen, aber früher hatte man ihn wohl gut gepflegt. Man sieht, wo der Blumengarten begonnen hat, dort steht das Unkraut etwas höher. Er sieht sich alles an, bleibt am Ende des Gartens stehen und tritt gegen irgendetwas. Dann beugt er sich nach vorn, streckt die Hand nach etwas aus. Er stellt sich wieder hin, kommt zurück, hier wohnt bestimmt seit Langem keiner mehr, sagt er, dort hinten ist eine Art Schuppen, aber schon ziemlich morsch. Was glaubst du, was hier passiert ist? Ich weiß nicht, antworte ich. Es ist ein einstöckiges Haus, trotzdem hat es große Flügelfenster. Er geht zur Eingangstür an der Seite des Gebäudes. Sie ist verschlossen. Ich bleibe im Garten, rühre mich nicht von der besagten Grenze. Nun geht er zum Fenster mit dem Blick auf den Garten, schirmt die Augen mit beiden Händen ab und lugt hinein. Hier ist niemand. Ich denke, wir können reingehen. Ich will nicht durchs Fenster einsteigen. Dabei sei es doch gar nicht hoch, er werde hineinklettern und mir helfen. Aber ich will nicht, sage ich. Warum nicht, ich verstehe dich nicht, hab dich doch nicht so, sagt er, warum bist du nur so steif, mit dir kann man nichts Spannendes unternehmen. Aber egal, ich gehe auf jeden Fall rein, sagt er. Er stößt das Fenster auf, stützt sich am Fensterbrett ab und klettert hinein. Ich gehe zum Fenster, er streckt mir die Hand entgegen. Na? Jetzt oder nie. Ich ergreife seine Hand, er hilft mir, aufs Fensterbrett zu klettern. Ab hier schaffe ich es schon, danke. Ich springe in das Zimmer, meine Hand ist voller Dreck und abgeblätterter Farbe.

Der große Kastanienbaum im Garten schützt vor der Sonne, im Sommer ist es hier bestimmt kühl, aber jetzt ist es dunkel und riecht muffig. Das Haus ist vollkommen leer, an der Decke ist ein großer feuchter Schimmelfleck in der Form des Velencer Sees. In Geografie hat Frau Karola eine große Karte an die Tafel gehängt, Topografie und Hydrografie Ungarns. Ich kam dran und musste auf der Karte zeigen, wo der Hejő-Fluss ist, der Szelider See, der Tölgyes-Gipfel und dessen Höhe benennen. Nach dem Velencer See hat sie mich nie gefragt, auch nach dem Balaton nicht. Einmal hat sie meinen Spickzettel bemerkt. An der feuchten Stelle ist die gemusterte Tapete wellig, neben dem Fenster hat sie sich sogar von der Wand gelöst. Darunter ist schmutziger weißgrauer Putz. Ein großes Zimmer, ein kurzer, schmaler Flur, Bad, Toilette und Küche. Ein kleines Juwel in der Nähe der Innenstadt. Toilette und Bad sind getrennt, Letzteres ist mit einer Wanne ausgestattet, die ein Loch hat und Kalkablagerungen. Man müsste hier nur einmal putzen, mit Essig, und malern, dann könnte man schon einziehen. Es ist gut, dass Toilette und Bad getrennt sind. Findest du nicht, Liebling?, fragt er. Du hast recht, Schatz, und das Bad hat ein Fenster, das ist auch nicht schlecht. Du Neubaukind, sagt er, womit er aus der Rolle fällt. Er geht durch die Räume, streicht die Tapete zurück an die Wand, die sich sofort wieder löst, nachdem er sie losgelassen hat. Er sagt, er glaube, sie seien ausgewandert. Warum gerade ausgewandert? Das weiß ich nicht. Ich glaube eher, dass die letzte Generation gestorben ist. Dann sind eben die Kinder ausgewandert und haben deshalb nichts mit dem Haus angefangen. Oder es ist einfach nur der letzte Szebenyei gestorben, antworte ich, oder Kovács oder Balogh. Das Haus ist verlassen, weil es niemandem gehört. Mag sein, erwidert er, aber es klingt besser, dass sie ausgewandert sind. Sie sind ausgewandert, das ist doch viel interessanter, man fragt sich, wohin und warum. Vielleicht, antworte ich, dabei ist es für mich interessanter, wenn die Bewohner gestorben sind. Wenn es in einer Familie keine Kinder oder Enkelkinder mehr gibt. Die Enkelkinder bleiben Enkelkinder, werden weder Eltern noch Großeltern. Sie sind alt und trotzdem sind sie nicht

Großvater oder Großmutter. Es fällt mir schwer, mir eine Frau von siebzig Jahren vorzustellen, die nicht die Großmutter von irgendjemandem ist. Er lässt den Rollladen hinunter, hast du Angst im Dunkeln?, fragt er. Nein, im Dunkeln nicht, nur vor Wasser. Er habe sich lange Zeit im Dunkeln gefürchtet. Wenn es ganz dunkel ist, die Rollläden vollkommen heruntergelassen und von draußen nicht einmal das Licht der Straßenlampen hereindringt. Am meisten habe er sich gefürchtet, als er elf war und es bei ihnen zu Hause einen Stromausfall gegeben hat. Die Straßenlampe hat auch nicht geleuchtet. Er war allein daheim, seine Mutter war vielleicht beim Friseur und sein Vater in der Kneipe oder hat an dem Tag lange gearbeitet, das weiß er nicht mehr. Er war allein im Dunkeln. Noch nie hat er sich dermaßen gefürchtet. Verdammt dunkel war es, er hat nichts gesehen. Hat gedacht, er ist erblindet. Die Uhr am Herd hat nicht geleuchtet, die Lichtschalter hat er vergeblich gedrückt. Das war's, dachte er, ab nun wird er nie wieder sehen, wie weiß der Kühlschrank ist, auf dem sein Vater den Magneten mit der Mona Lisa immer beiseitegeschoben hat, weil er es hasste, von ihr angestarrt zu werden, und den seine Mutter immer wieder zurückschob. Auch den Riss in der Wand seines Zimmers, den er jeden Abend vorm Einschlafen im Halbdunkel betrachtete, wird er nie wieder sehen. Er ging damals zum Fenster, zog den Rollladen hinauf und sah, wie ein Spaten, der im Garten lag, etwas Licht reflektierte. Er bewegte den Kopf hin und her, um festzustellen, ob es wirklich Licht war, was er sah. Sechsundzwanzig Minuten lang gab es keinen Strom. Weißt du, wo es noch so verdammt dunkel ist?, fragt er. In den Höhlen. Mit neunzehn sei er in der Aggteleker Höhle wandern gewesen. Seitdem habe er keine Angst mehr im Dunkeln. Er habe die Augen geschlossen, alles ertastet und nach einer Weile habe er genau gewusst, wie er es machen müsse, um nicht zu stolpern. Mit den Füßen, mit den Händen. Wenn es um ihn herum ganz dunkel sei, fühle er sich mit geschlossenen Augen sicherer.

Wir könnten öfter spazieren gehen, sagt er, als wir aus dem Haus klettern. Er umfasst meine Taille, hilft mir durchs Fenster. Das sei doch gut gewesen, sagt er, es sei gar nicht so schlimm, er habe mir angesehen, dass es mir gefallen habe.

Wir spazieren jeden Abend bis zur Margaretheninsel, drehen dort eine Runde und kommen zurück. Es dauert eine Stunde, manchmal nur achtundfünfzig Minuten, manchmal dreiundsiebzig. Das hänge von mir ab, meint er, von meiner Laune, davon, wie schnell ich gehe. Wenn ich aufgewühlt bin, gehe ich schneller, dann sieht man, dass mein rechter Fuß ein bisschen nach innen gedreht ist. Er beobachtet meinen Gang, mir ist es natürlich gar nicht aufgefallen. Ja, er wisse, ich hätte früher Geräteturnen gemacht. Aber das sei ja schon elf Jahre her, ich könnte doch wieder anfangen, Sport zu machen. Das wäre gut für meinen Rücken, ich sitze ja den ganzen Tag am Rechner. Die Nackenschmerzen kämen auch daher. Die Insel sei ein guter Ort, früher habe er mit seinen Freunden hier oft Bier getrunken. Sie hätten die Dosen geöffnet, und das Wasser habe das Zischen in der Stille zum anderen Ufer getragen. Niemand sei hier gewesen. Jetzt sitzt auf beinahe jeder Bank jemand, man ist nie für sich. Wir müssen spät am Abend kommen, dann sind nicht so viele Leute da. Deshalb kommen wir unter der Woche am Abend. Er kenne einen schönen Ort hinter dem singenden Brunnen, man müsse über einen Zaun klettern, nur wer wisse, dass es da einen Pfad gebe, gehe dorthin.

Er habe eine Freundin gehabt, sagt er, ihren Namen wolle er jetzt nicht nennen, nicht, um ein Geheimnis daraus zu machen, das solle ich auf keinen Fall denken, doch wenn er ihren Namen nenne, würde ich mir sofort ein Gesicht und einen Charakter vorstellen, was nicht nötig sei. Sie sei in seinem Leben nicht so wichtig gewesen. Ich male mir gern Dinge aus, grüble über alles, das wisse er, ich brauche es gar nicht zu leugnen. Es gab also dieses Mädchen ohne Namen, bei ihrem zweiten Treffen habe er sie zu einem alten verlassenen Gebäude mitgenommen. Die Fensterscheiben waren eingeschlagen und man konnte ganz einfach über das Tor klettern, es wurde nicht bewacht. Er sei schon öfter in das Haus eingestiegen und sei neugierig gewesen, ob sie mit ihm gehe. Er habe ihr nicht erzählt, wohin sie gingen, sie seien einfach nur hingegangen, das Mädchen ohne

Namen habe den Ort nicht gekannt. Er hätte nicht gedacht, dass sie mit ihm in das Haus einsteigen würde, sie sei sehr schweigsam gewesen, vor Fremden habe sie kaum etwas gesagt. Aber sie sei mitgegangen. Die stillsten Mädchen sorgen für die größten Überraschungen, das habe er schon öfter erlebt.

Wir gehen zur Insel und zurück, der Hinweg ist länger. Er hält meine Hand, hält sie immer, wir kommen aus dem Laden und er ergreift sie sofort. Er hat schon bemerkt, dass ich es lieber habe, wenn er an meiner linken Seite geht. Wenn er meine linke Hand hält. Meine rechte Hand ist geschickter, ich mache alles mit ihr, vielleicht deshalb. Ich esse langsam, weil ich, nachdem ich ein Stück vom Fleisch geschnitten habe, die Gabel aus der einen in die andere Hand nehme. Das sei bequemer, denkt er, weil meine rechte Hand geschickter sei als die linke. Ich öffne alles mit rechts, schreibe Nachrichten mit rechts und halte mich im Bus mit der rechten Hand fest. Seine linke Hand sei auch schwächer, doch das sei wegen eines Skiunfalls. Einen Finger könne er immer noch nicht richtig biegen, das Fingerglied sei taub. Vielleicht hätte ich es ja bemerkt.

Ich solle nicht ans Telefon gehen, es sei egal, wer mich anrufe, jetzt sei er bei mir. Mein Telefon sei immer in meiner Nähe, das könne ich mir wirklich abgewöhnen, wenn ich mit ihm sei, solle ich für niemand anderen erreichbar sein. Jetzt fühlst du dich schlecht, sagt er, weil es stimmt, was ich sage, ich sehe es dir an. Er streichelt mein Gesicht, seine Hand ist rau. Er war früher Ruderer, deshalb ist seine Hand wie Schleifpapier. Einmal hatte er eine Verabredung mit einem Mädchen, die seine Hand deshalb nicht anfassen wollte. Sie sagte, es störe sie, dass sie sich wie Schleifpapier anfühle.

Heute Abend sollen es minus vier Grad werden, das könnte den Kälterekord brechen. An diesem Tag habe man zuletzt 1971 minus drei Grad gemessen. Er habe in einem Artikel gelesen, dass in der Nacht zwei Menschen erfroren seien. Einmal als minus dreizehn Grad waren, sei er mit seinen Freunden in der Donau baden gewesen. Sie hätten gewettet, ob sie sich in der kältesten Nacht des Jahres in die Donau trauen würden. Das fiel damals auf den 22. Januar. Noch früher seien sie manchmal auf die zugefrorene Donau gegangen, aber diesmal war es etwas anderes, da sie nicht nur aufs Eis, sondern ins Wasser gingen. Einmal, als sie auf dem Eis waren, habe es unter ihm einen Riss bekommen, er war der Größte und Schwerste von allen. Eine dünne Linie verlief von seinem rechten Fuß bis zum gegenüberliegenden Ufer. Er und zwei Freunde von ihm hätten das gemacht, seit sie siebzehn waren. Er, Misu und Bandit, ja, er habe wirklich so geheißen. Er nennt seine Freunde immer nur bei den Spitznamen. Bandit heiße eigentlich András, aber sein Vater heiße auch so, weshalb er diesen Namen hasse. Es sei ja auch völlig idiotisch, die Jungen nach ihren Vätern zu benennen. Inzwischen wolle Bandit aber, dass man die übliche Kurzform von András verwende und ihn Bandi nenne, zuletzt habe er ihn vor zwei Jahren gesehen. Davor seien sie jedes Jahr einmal aufs Eis gegangen. Sie haben sich ausgezogen und die Sachen neben den mitgebrachten Decken am Ufer liegen lassen. Misu hatte schwarze lockige Haare zwischen den Beinen, seinen Schwanz sah man fast gar nicht, was er und Bandit sehr lustig fanden. Misu hatte stets eine Kurzhaarfrisur, weshalb sie nicht wussten, dass er Locken hatte. Die Spielregel war, dass man mindestens fünf Minuten im Wasser bleiben musste. An dem Tag, als es so kalt war wie noch nie zuvor, wollte Bandit nicht hineingehen. Das sei doch Schwachsinn, habe er gesagt, sie sollten lieber noch ein Bier besorgen und dann zu ihm nach Hause gehen. Er habe Schiss gehabt, das komme vor, ihm seien die Eier beinahe abgefroren und da habe er einen Rückzieher machen wollen. Doch schließlich sah er ein, dass es sich um eine Tradition handelte. Sie mussten ins Wasser gehen. Sie hätten sich ausgezogen, seien in den Fluss gerannt, getaucht, dann wieder hinaus, der Kies habe ihnen in die Fußsohlen gestochen. Sie wickelten sich in die Decken, sprangen herum wie die Kinder, um sich aufzuwärmen. Die Kälte schmerzte, dann brannte sie und irgendwann war es nur noch ein dumpfes Gefühl, als wären die Glieder leicht taub. Bandit sei durchgedreht, du Idiot, du Idiot, du Idiot, habe er gesagt und dabei mit der Faust auf die Kiesel geschlagen. Die Haut an seiner Hand sei aufgerissen. Er glaubt, Bandit habe das gemacht, um einen anderen Schmerz zu spüren. Im nächsten Jahr wollten sie nicht mehr ins Wasser gehen, saßen nur im Mantel am Ufer. Er habe einmal vorgeschlagen, es doch zu machen, aber weder Misu noch Bandit hatten Lust. Dafür sind wir schon zu alt, sagten sie, oder etwas Ähnliches. Das war die Zeit, als Misus Freundin schwanger wurde, zwei Monate zuvor hatte er sich noch von ihr trennen wollen. Und Bandit meldete sich immer seltener, er wisse gar nicht, was mit ihm sei, sie hätten seit zwei Jahren nicht mehr miteinander gesprochen. Seit er Bandi genannt werden wollte.

Mir sei schon wieder kalt, dabei habe er mir doch geraten, noch einen Pullover anzuziehen. Er wisse, dass ich leicht friere, sobald die Temperaturen unter zwei Grad sinken, würde ich bibbern und blaue Lippen bekommen. Sie seien auch jetzt lila, das sehe er, obwohl ich Lippenbalsam aufgetragen hätte. Ich solle ihm meine Hand geben, die linke, er würde sie in seine Tasche stecken. Es könne vorkommen, dass er dort ein benutztes Taschentuch habe. Aber das sei nicht schlimm, er ekle sich nicht vor meinem Rotz. Also ekle ich mich ja wohl auch nicht vor seinem. Dieser dünne Mantel reiche eben nicht mehr, er sehe gut aus, sei schön gelb und so, aber ich würde darin frieren. Er werde mir seinen Mantel geben, ihm sei nicht kalt. Ihm sei nie kalt, und ich bekäme in der Kälte immer eine rote Nase, jetzt auch, sie werde immer röter. Er küsst mich, ich würde die Augen immer eher öffnen, das habe er erst vor Kurzem bemerkt. Es sei seltsam, sich so zu küssen, dass ich ihn dabei ansehe, deshalb öffne er nun auch die Augen. Wir sehen einander eine Weile an, dann prusten wir los, lachen in den Mund des anderen. Dass ich ihn auch beim Sex gern ansehe, sei ihm schon eher aufgefallen. Es gefalle ihm, wenn ich ihn betrachte, jeder, der mich sehe, könnte sofort sagen, dass ich ihn liebe. Es stehe mir in den Augen geschrieben, in meinem Blick, dass ich ihn liebe, total in ihn verknallt sei. Am Abend werde es sehr kalt, als wir losgegangen seien, seien es schon minus vier Grad gewesen. Heute werde der Kälterekord gebrochen. Er sei sich ziemlich sicher, dass es nur noch ein paar Tage bis zum Eisgang auf der Donau seien. Gleich würden wir an die Stelle kommen, wo er mit seinen Freunden immer gewesen sei. Ja, hier durchs Gestrüpp, ich solle auch übers Geländer klettern. Diesen Pfad seien wir schon ein- oder zweimal entlanggegangen, er fragt mich, ob ich mich erinnere. Es habe mir hier gefallen, genauso wie damals in dem Haus mit den großen Fenstern, dorthin hätte auch ich zurückgehen wollen. Ich hätte den Garten gemocht, die Tapete mit dem Muster, die kaputte Wanne. Neben der Wohnzimmertür gebe es dieses Loch in der Wand, ich hätte immer den Finger hineingesteckt, der sei danach noch eine Weile voller weißem Staub gewesen. Ich hätte darüber nachgedacht, was dort gewesen sei. Bei den anderen Löchern sehe man, dass dort Bilder gehängt hätten, die Wand habe eine andere Farbe. Hier sei es anders, vielleicht sei es eine Lampe gewesen oder etwas habe an einem Nagel gehangen. Ein Talisman oder so. Einige Bilder waren verschwunden, einige waren noch da. Er wisse, dass mein Lieblingsbild das mit der Frau mit den schwarzen Locken gewesen sei, die nicht in die Kamera blicke, sondern aus dem Bild, als würde sie aus dem Wohnzimmerfenster schauen. Früher habe man die Bilder nicht digital gemacht, er fragt mich, ob ich den Unterschied sehe. Er habe zu Hause eine analoge Kamera, die erfordere eine ganz andere Herangehensweise. Es interessiere mich, weshalb man einige Bilder mitgenommen habe und andere nicht, das hätte ich ihn oft gefragt. Weshalb man zum Beispiel dieses Bild mit der lockigen Frau dagelassen habe. Er sei ja der Meinung gewesen, ich hätte das Bild mitnehmen sollen, es habe sowieso niemand gebraucht, doch ich hätte es nicht gewollt, weil es zum Haus gehöre. Ich kannte nicht einmal den Namen der Frau. Er wisse, dass mich das störe. Ich wolle ihren Namen kennen, ihren Beruf, wann sie geboren worden und wann sie gestorben sei. Ob sie so jung geblieben sei, ungefähr zwanzig, oder alt geworden sei und Rückenschmerzen von der Gartenarbeit bekommen habe und trotzdem noch mit achtzig Jahren Gemüse angebaut und Unkraut gejätet habe. Ich hätte immer versucht, ihren Namen zu erraten, Éva, Berta, nein, das war sie nicht. Vielleicht Gréta oder Katinka. Nein, eher Gréta. Ich hätte sie immer anders getauft. Und dann war eines Tages dieser Mann da, im Garten, und wir konnten nicht einsteigen. Da war es vorbei. Wir sind nie wieder dort gewesen.

Der Eisgang habe noch nicht begonnen, heute könne man noch ins Wasser gehen. Ich solle mir ansehen, wie sich die Straßenlampen des gegenüberliegenden Ufers im Wasser spiegelten. Das Wasser habe ungefähr eine Temperatur von vier oder fünf Grad, das lasse sich noch aushalten. Wir würden uns ausziehen, die Kleidung am Ufer lassen, hierher komme niemand. Auf diesen Felsen könnten wir alles legen, dann werde es nicht feucht. Wir sollten das machen, ich würde sehen, wie gut es uns danach ginge. Das müsse jeder einmal ausprobieren. Um zu wissen, dass man es geschafft habe. Ich auch, und er sei ja bei mir. Nicht nur fünf Sekunden, es müsse schon eine Herausforderung sein. Wir sollten ans andere Ufer schwimmen. Gut, das sei wirklich eine blöde Idee, nicht ans andere Ufer, wir sollten nur ausprobieren, wer weiter schwimmen könne. Das werde gut, ich würde es schon sehen. Er wisse, dass ich es gern machen würde, mich nur fürchte, aber das müsse ich nicht. In dem Haus sei ich doch auch so gern gewesen. Nur der erste Schritt ist schwer, danach wird es leichter. Wollen wir? Man muss schnell untertauchen, dann dauert der Schmerz nur ein paar Sekunden. Ich solle nicht nachdenken, nur losrennen. Auf drei. Eins, zwei, drei.

Jeden Donnerstag, von Oktober bis November

Ich zähle auf Japanisch. Ichi, ni, san, so zähle ich die Liegestütze. Der Boden der Sporthalle ist kühl und riecht nach Gummi. Die Tatamis riechen leicht nach Schweiß. Es stört mich nicht, dass ich mich darauflegen muss, ich stütze die Hände ab und mache die Liegestütze. Shi, go, roku. Von richtigen Liegestützen schaffe ich nur sechs, von den Rumpfbeugen alle zehn. Shichi, hachi, kyū, jū. Trainer Gábor lobt mich, bei den Liegestützen soll ich die Knie ablegen, wenn es sonst zu schwer ist. Ich blicke zu meinem Bruder, er hat alle zehn gemacht. Ich versuche noch einen, schaffe es aber nicht mehr, mich hochzudrücken, lasse mich auf die Matte fallen. Ich strecke die Arme zur Seite aus. Man dehnt sich nicht so, sagt Trainer Gábor.

Dienstags werden die Stunden von Trainer Gábor gehalten, donnerstags von Gábor dem Jüngeren. Manchmal nennt Trainer Gábor seinen Sohn Junior. Junior, komm und zeig mal, wie dieser Wurf geht. Zusammen leiten sie das Training selten, wenn doch, übernimmt Trainer Gábor das Aufwärmen und Junior die Übungen. Ich mag Gábor den Jüngeren nicht so gern, dabei finden die älteren Mädchen ihn besser. Die älteren Mädchen sind vierzehn Jahre alt, sind zu zweit und schwänzen dienstags manchmal das Training, donnerstags nie. Ich betrachte Gábor den Jüngeren, frage mich, warum er ihnen gefällt, was ihnen an ihm gefällt. Er ist dreißig oder vierzig, das kann ich nie richtig einschätzen, Dreißigjährige halte ich oft für vierzig und Vierzigjährige für fünfzig. Eines der älteren Mädchen sagt einmal in der Umkleide, dass der Junior achtunddreißig ist, ich habe keine Ahnung, woher sie das weiß. Er ist muskulös, das weiß ich, weil er manchmal die Judojacke auszieht. Uwagi, sagt Trainer Gábor, wir nennen sie Uwagi, nicht Judojacke. Früher hat sein Sohn auch an Wettkämpfen teilgenommen, aber vor ein paar Jahren hat er aufgehört, dabei ist er noch fit. Die älteren Mädchen wissen auch, dass Trainer Gábor sich deshalb oft mit ihm streitet, er meint, ein paar Jahre hätte der Junior ruhig noch dabeibleiben können. Manchmal geht der Junior beim Training nicht in die Nähe seines Vaters, der Vater ist an einem Ende der Sporthalle, er am anderen und ruft von dort aus: Hajime. Sie versuchen uns viele japanische Wörter beizubringen, sagen hajime, weshalb ich denke, dass sie gut Japanisch sprechen, dabei kennen sie nur die Wörter, die etwas mit Judo zu tun haben. Ich habe in der Buchhandlung einmal herausgesucht, wie man sich auf Japanisch vorstellt. Als ich es dann zu Trainer Gábor gesagt habe, hat er mir nur über den Kopf gestrichen und »Hallo« gesagt.

Donnerstags sind mehr Kinder beim Training als

dienstags. Die Mädchen, die ein paar Jahre älter sind als ich, haben schon gelbe und grüne Gürtel. Mein Gürtel ist weiß, der meines Bruders auch, aber wir kommen gar nicht wegen des gelben Gürtels hierher. Der Gürtel interessiert uns nicht. Wir wollen Selbstverteidigung lernen, Mutter besteht darauf, wenn etwas passiert, sollen wir uns wehren können und nicht nur dastehen und es geschehen lassen. Zuerst lernen wir fallen. Judo besteht aus nichts anderem als aus Werfen, mit den Armen, mit den Beinen, mit der Hüfte, deshalb muss man schnell lernen, richtig zu fallen. Meinem Bruder fehlt das Treten, und als er einmal so tut, als würde er gegen meine Brust treten, sagt Trainer Gábor: Junge, das ist kein Karate. Ich brauche lange, um fallen zu lernen. Ich lande immer so, dass mir die Lunge wehtut und ich kaum Luft bekomme. Das Fallen ist das Wichtigste, sagt Trainer Gábor, solange man das nicht kann, kann man auch nichts anderes. Also darf ich auch kaum etwas anderes machen, manchmal darf ich Werfen üben, aber meist werde ich geworfen. Wochenlang übe ich das Fallen, nur meine Lunge macht mir Sorgen, ich befürchte, sie zerreißt. Davor soll ich keine Angst haben, sie wird nicht zerreißen, sagt Gábor der Jüngere. Er kommt oft zu mir und meinem Bruder, zeigt mir, welche Bewegung ich falsch mache, ich soll auf der Seite aufkommen, nicht auf dem Rücken, soll es noch einmal versuchen. Ich übe mit einem Mädchen, das fünfzehn Kilo schwerer, aber ein Jahr jünger ist als ich. Wenn sie nicht da ist,

ist mein Bruder mein Partner. Das mag keiner von uns, ich bin keine Herausforderung für ihn, und er ist zu groß für mich. Er ist zwölf Jahre alt und mindestens einen halben Kopf größer, mit mir kann er das Fallen nicht üben, weil ich ihn nicht richtig werfen kann. Ich ergreife seine Jacke, setze meinen rechten Fuß hinter seinen rechten Fuß, drehe mich, hebe ihn mit der Hüfte an und werfe ihn. Würde ihn werfen, aber er fließt mir langsam von der Schulter. Mehr Schwung, sagt Gábor der Jüngere, ich soll mich nicht fürchten, ihn richtig zu werfen. Er ist oft bei uns, ich denke, weil wir noch neu sind. Mein Bruder sagt, das macht er, weil wir keinen Vater haben. Mein Bruder mag Gábor den Jüngeren und mag ihn auch nicht. Manchmal bleiben sie nach dem Training noch in der Sporthalle, um zu üben, während ich mich umziehe. Ich ziehe mich langsam um, sie haben viel Zeit. Mein Bruder lernt schnell zu fallen, er lernt alles schnell, Gábor der Jüngere meint, er ist ein Naturtalent. Er spielt Fußball, Basketball, geht zum Judo, aber nur zum Spaß, er bleibt nie lange bei einer Sache. Als er jung war, war auch mein Vater gut im Sport, nur war er faul wie mein Bruder. Hobbysportskanonen, sagt meine Mutter. Gábor der Jüngere gibt nicht auf, das Ziel ist der gelbe Gürtel, dann orange, grün, blau und so weiter. Wir werden den gelben Gürtel nie bekommen, aber das muss er jetzt noch nicht wissen. Er ist ganz begeistert, manchmal verstecke ich mich hinter der Tür der Sporthalle und beobachte die beiden von dort aus. Ich ziehe mich noch ein bisschen langsamer an als sonst, damit sie Zeit haben zu üben. Einmal bleiben wir nach dem Training so lange da, mein Bruder in der Sporthalle, ich hinter der Tür, dass Mutter kommt, um nach uns zu sehen. Gábor der Jüngere entschuldigt sich, sagt, er hat nicht gesehen, dass es schon so spät ist, sonst sagt der Pförtner immer Bescheid, dass er die Umkleiden zuschließen will, aber diesmal ist er nicht gekommen. Mutter sagt, mein Bruder soll sich umziehen, ich sitze auf einer Bank auf dem Gang, höre zu, worüber Gábor der Jüngere und Mutter sich unterhalten, kann es aber nicht richtig verstehen. Es interessiert mich auch nicht. Mein Bruder hat zwei Minuten gebraucht, um sich umzuziehen, steht jetzt schon in der Tür und sagt, wir können gehen. Gleich, sagt Mutter, woraufhin er sich zu mir setzt, und wir sitzen noch eine Stunde, während die beiden sich unterhalten. Immer leiser, als würden sie nicht wollen, dass wir sie hören. Bisher konnte man auch kaum etwas verstehen, aber jetzt wirklich gar nichts mehr, Mutters Stimme verschmilzt mit der von Gábor dem Jüngeren, wenn sie flüstern, haben sie eine ähnliche Stimme. Vor lauter Ungeduld tritt mein Bruder schon gegen die Eingangstür, woraufhin Mutter sagt, es ist an der Zeit aufzubrechen, bevor er die Einrichtung zerstört. Tschüss, Gábor.

Von da an kommt Mutter öfter zu unserem Training. Dienstags selten, donnerstags immer, setzt sich auf eine der niedrigen Bänke neben der Tür, zieht den Mantel aus, den Schal lässt sie um den Hals. Beim Fallen sehe ich den grünen Schal an mir vorbeiziehen. Sprossenleiter, Tatami, Mutters grüner Schal, der feuchte Fleck an der Decke. Sprossenleiter, Tatami, die Ferse von Gábor dem Jüngeren, Mutters grüner Schal, Fleck an der Decke. Sprossenleiter, Tatami, der schwarze Gürtel von Gábor dem Jüngeren, Fleck. Gábor der Jüngere dreht seine Runden durch die Sporthalle, immer, wenn er an Mutter vorbeikommt, sagt er etwas zu ihr. Dann lächelt sie, dabei ist das gar nicht ihre Art. Es muss ziemlich lustig sein, was er zu ihr sagt, wenn sie so viel lächelt. Nach der Stunde gehen wir in die Umkleide, ich ziehe mich langsam um, ziehe langsam die Judohose aus, langsam die Jeans an. Mein Bruder kommt herein und sagt, ich soll mich beeilen. Wozu?, frage ich, Mama unterhält sich doch sowieso noch. Zieh du dich doch langsamer um. Er sagt, das kann er nicht. Versuch es, sage ich. Wozu?, fragt er, wenn wir Mama drängen, hört sie auf zu quatschen und überhaupt, warum unterhält sie sich so viel mit ihm, sagen wir ihr, dass wir losmüssen. Doch er sagt es vergeblich, Mutter unterhält sich noch eine Stunde lang mit Gábor dem Jüngeren. Wir sitzen draußen auf der Bank, ich ziehe den Mantel nicht an, mein Bruder schon, um auch dadurch zu zeigen, dass wir losgehen sollten. Mutter will ja bestimmt nicht, dass ihm zu warm wird, und wird aufbrechen wollen, wenn sie ihn sieht, oder ihm zumindest sagen, dass er ihn ausziehen soll. Doch sie sagt nichts, meinem Bruder wird es zu dumm, er zieht ihn wieder aus. Den Schal lässt er noch eine Weile um den Hals, dann zieht er auch den aus. Später wird er wieder zu schnell fertig. Die Welt besteht aus solchen Menschen, die sich langsam, und solchen, die sich schnell anziehen.

Wir werden zur Judovorführung nach Kőbánya eingeladen. Nicht zum Zuschauen, sondern zum Mitmachen, ich werde zusammen mit meinem Bruder eingeteilt, weil das ja so lustig ist: Ein Mädchen, das ihren Bruder, der einen halben Kopf größer ist, auf den Boden wirft. Es wäre vielleicht lustig, aber ich kann ihn nicht werfen, dabei halte ich ihn fest am Kragen seiner Jacke, so wie wir es gelernt haben. Das Mädchen, mit dem ich sonst übe, kommt nicht zur Vorführung, sie wurde nicht eingeladen, dabei kann sie schon besser fallen als ich und werfen auch. Sie ist beleidigt und wütend auf mich und wirft mir nach dem Training in der Umkleide an den Kopf, dass man uns nur deshalb mitgenommen hat, weil wir keinen Vater haben. Das ist ungerecht, sagt sie und stopft die weiße Uwagi in ihren Rucksack. Sie muss aufpassen, wie sie sie hineinstopft, sonst wird sie den Reißverschluss nicht zuziehen können. Sie zieht die Judosachen wieder heraus, räumt die Schulbücher und Hefte um, stopft die Sachen wieder hinein, jetzt passt es besser, sie hält die Öffnung des Rucksacks zusammen, zieht den Reißverschluss zu und sagt noch einmal, dass das so ungerecht ist, ich soll sie gar nicht ansprechen. Vergeblich erkläre ich ihr, dass ich das gar nicht wollte und diese Vorführung nicht brauche. Das ist ihr egal, ich kann sagen, was ich will, ich gehe und sie nicht. Das ist meine Schuld.

Ich kaue auf meinem Brot herum, als hätte ich Magenschmerzen. Was ist los?, fragt Mutter. Vater ist erst vor einem Jahr gestorben, wir sprechen leise über ihn, als würde er im kleinen Zimmer schlafen und wir wollten ihn nicht wecken. Wenn ich von ihm spreche, dann ganz vorsichtig, als wären wir alle, Mutter, ich, mein Bruder, zerbrechlich, als könnten wir von manchen Wörtern einen Riss bekommen und als könnte dieser Riss sich weiter ausdehnen. Die anderen sagen, antworte ich, dass wir deshalb zur Vorführung eingeladen werden, weil Papa tot ist. Das stimmt nicht, sagt sie, deswegen nimmt man niemanden zu einer Vorführung mit. Sie nehmen euch mit, weil ihr geschickt seid. Aber ich kann doch nicht einmal richtig fallen, antworte ich. Ach, komm schon. Und überhaupt, wer hat das denn gesagt? Dass es wegen Papa ist? Ich weiß nicht mehr, antworte ich. Sie fragt nicht nach und ich sage auch nichts mehr.

Ich sage ihr nicht, dass ich ständig daran denke. Ich sehe mir meine Klassenarbeit in Ungarisch an. Wir mussten einen Text schreiben, mit dem Titel *Mein Eldorado*, anderthalb Seiten. Die Lehrerin bittet mich, nach vorn zu gehen, um ihn vor der ganzen Klasse vorzulesen. Das Blatt zittert in meiner Hand, zuerst lese ich leise, dann wird meine Stimme stärker. Am Ende bekomme ich Applaus, ich gehe zurück an meinen Platz, die Lehrerin lobt mich, sagt, es sei einer der schönsten Texte gewesen. Ich weiß nicht, ob sie die Wahrheit sagt oder ob das auch wegen Vater ist. Weil er nicht mehr ist. Ich werde ausgewählt, am 15. März, dem Nationalfeiertag, ein Gedicht aufzusagen. Nicht an dem Tag selbst, da ist niemand in der Schule, aber am Tag davor. Ein Meer hat sich erhoben, sollte ich deklamieren. Ich weiß nicht, ob man wirklich will, dass ich das Gedicht aufsage, oder man mich nur wegen meinem Vater gefragt hat.

Großmutter holt uns vom Judo ab. Gábor der Jüngere weiß nicht, wer sie ist, und ich sage es ihm nicht. Sie setzt sich auf eine der niedrigen Bänke am Rand der Sporthalle, zieht den Mantel aus und sieht uns zu. Junior geht seine Runden, beobachtet, wie wir werfen, und als er am Fenster vorbeigeht, von wo aus man das Tor sieht, bleibt er stehen, blickt hinaus und geht weiter. Das wiederholt er bei jeder Runde. Am Ende des Trainings geht er zu Großmutter, fragt sie, wen sie sucht. Ich will nur meine Enkel abholen, antwortet sie und zeigt auf uns. Gábor der Jüngere stellt sich vor, ist schwungvoller als sonst und fragt, wo Mutter ist, er hat gedacht, heute würde sie uns abholen. Nein, heute kann sie nicht, antwortet Großmutter und zu uns sagt sie, wir sollen uns umziehen. Sie kommt zu mir in die Umkleide, ich bin die Letzte, warum brauchst du so lange?, fragt sie, deinem Bruder wird es schon ganz warm.

Großmutter ist oft bei uns. Sie kommt am Vormittag, bringt Schnitzel mit oder in großen Saure-Sahne-Bechern Gulasch und Nudeln, die sie dann bei uns kochen will. Wenn sie da ist, wird Mutter ganz still und Großmutter geht durch die Wohnung und räumt dies hierhin und das dahin. Wirft die leere Klopapierrolle weg, befühlt das Handtuch im Bad, und wenn es ihr als zu feucht erscheint, wirft sie es in die Waschmaschine. Sie öffnet den Kühlschrank, riecht an allem. Währenddessen sitzt Mutter in der Küche und liest Zeitung. Sie hat sich daran gewöhnt, dass es nichts bringt, etwas zu sagen, Großmutter möchte helfen, wenn sie schon einmal da ist, wer weiß, wann sie das nächste Mal kommen kann. Das ist ihre Methode, sagt Mutter, sie sagt, sie kommt vielleicht erst in ein paar Wochen wieder, dabei taucht sie spätestens am Wochenende wieder auf. Wenn ihr der Geruch von etwas, das sie im Kühlschrank findet, nicht gefällt, wirft sie es weg, fragt gar nicht, wann wir es geöffnet haben. Sie sucht nach der Kugel im Kühlschrank, die Gerüche entfernt, freut sich, als sie sie hinterm Frischkäse findet. Legt sie zuerst ins eine, dann doch lieber ins andere Fach. Mutter sagt nichts. Manchmal bleibt Großmutter bis zum Abend, geht im Dunkeln heim. Sie sagt, Großvater ist bestimmt schon ganz ungeduldig und wird sie fragen, wo sie sich so lange herumgetrieben hat.

Sie begleitet uns vom Training nach Hause. Wer ist dieser Gábor?, fragt sie. Na, unser Trainer, antworte ich. Ist er ein guter Trainer? Magst du ihn? Ja, eigentlich schon, er ist ganz okay. Er ist ein guter Trainer. Soso, murmelt sie. Auf dem ganzen Heimweg spricht sie immer wieder von Gábor dem Jüngeren. Zu Hause gehe ich in mein Zimmer, nehme die Uwagi aus der Tasche, hänge sie auf einen Bügel. Mein verschwitztes T-Shirt, das ich darunterziehen muss, werfe ich in den Wäschekorb im Flur. Großmutter ist mit Mutter im Wohnzimmer und spricht über Gábor den Jüngeren. Dieser Mann sieht sehr gut aus, sagt sie. Ich bleibe neben dem Wäschekorb stehen, die Tür zum Wohnzimmer ist angelehnt, sie verdeckt mich. Man sieht, wie gern die Kinder ihn haben, auf dem ganzen Heimweg haben sie davon gesprochen, wie gern sie einen solchen Vater hätten. Ich zucke zusammen, und ich weiß nicht, woher ich das weiß, aber ich bin mir sicher, dass auch Mutter bei diesen Worten zusammenzuckt. Das haben sie gesagt, ja. Er ist schon seit einem Jahr tot. Großmutter sagt das so, schon, Mutter sagt erst. Sie antwortet flüsternd, ich versuche zu lauschen, kann es trotzdem nicht verstehen, sie flüstert, weil wir über Vater immer flüsternd sprechen, und Großmutter schweigt. Dann sagt Mutter etwas lauter, Großmutter soll aufbrechen, Großvater macht sich bestimmt schon Sorgen. Sie bricht auf.

Bei der Vorführung schaffe ich es, meinen Bruder zu werfen. Ich höre Mutter pfeifen, sie ruft lauter als alle anderen. Ich habe es wegen des Adrenalins geschafft, sagt Trainer Gábor später, das gibt dem Arm viel Kraft.

Der Fußwurf klappt nicht, mein Bruder sackt zusammen, fällt auf die Seite, das hat er für die Vorführung eingeübt. Wir verlassen die Tatami, Mutter kommt zu uns, gehen wir, sagt sie. Sie drängt uns, uns schnell umzuziehen, mein Bruder beeilt sich, ich beeile mich auch, ich weiß nicht warum, aber ich spüre, wenn Mutter es eilig hat. Ich spüre auch, wann man mit ihr über Vater sprechen kann und wann nicht. Ich bin allein in der Mädchenumkleide, ziehe schnell meine Uwagi aus, die Hose an, binde wie der Blitz die Schnürsenkel. Mutter und mein Bruder stehen in der Tür, beide im Mantel, als ich noch bei den Schuhen bin. Die Welt besteht aus solchen Menschen, die sich schnell, und solchen, die sich langsam anziehen. Beim Hinausgehen sehe ich Gábor den Jüngeren. Er geht zu Mutter, fragt, ob er uns nach Hause fahren soll, es ist ein weiter Weg und es wird schon dunkel, sagt er. Das ist nicht nötig, antwortet Mutter, wir finden schon nach Hause. Ihre Stimme ist härter als sonst, Gábor der Jüngere wundert sich, er versteht nicht, was diese neue Stimme bedeuten soll. Mutter gibt ihm die Hand und lässt nicht zu, dass sie auch nur einen Moment länger in seiner Hand bleibt, zieht sie schnell weg, und die Hand von Gábor dem Jüngeren schwebt für einige Sekunden ohne die andere in der Luft. Mein Bruder kratzt sich am Hals, lockert den Schal, ihm wird warm in seinem Mantel. Die Zeit, in der die Hand von Gábor dem Jüngeren in der Luft bleibt, erscheint mir lang, Mutters Hand sucht inzwischen schon etwas in der Manteltasche. Junior dreht sich weg und geht.

Beim Training am nächsten Donnerstag übe ich wieder mit dem Mädchen, das fünfzehn Kilo schwerer und ein Jahr jünger ist als ich. Ich kann sie wieder nicht werfen, kann sie nicht heben, mir fehlt das Adrenalin. Ihr fällt es leicht, mich zu werfen, ich drehe mich in der Luft auf die Seite und komme so auf dem Boden auf, dass mir die Lunge danach nicht wehtut. Ich stoße mit dem linken Arm gegen die Tatami, es tut nicht weh. Ja, genau, du hast es richtig gemacht, sagt das Mädchen. Sie ist wieder freundlicher, da die Vorführung vorbei ist, nun hat es keinen Sinn mehr, auf mich wütend zu sein. Sie zeigt mir, wie ich versuchen soll, sie zu werfen, die Technik ist entscheidend, nicht die Kraft. Gábor der Jüngere geht herum und wenn er am Fenster vorbeikommt, blickt er hinaus. Er weiß nicht, dass Mutter uns nicht mehr abholen wird, sie schickt nicht einmal Großmutter, und ein paar Wochen später gehen auch wir nicht mehr zum Training.

Die Kartoffeln keimen

Zum dritten Mal gehe ich nun an der Tür mit der Aufschrift CHIRURGIE vorbei. Ich trete laut auf, es hallt im Gang. Großmutter liest eine Illustrierte, sie hat sich schon daran gewöhnt, dass man hier lange warten muss. Setz dich doch endlich, sagt sie und klopft auf den Stuhl neben ihr. Zu Hause war sie nervös, hat mich angefahren, dass wir endlich losgehen sollen, weil wir zu spät kommen würden, und jetzt sitzt sie ganz ruhig da und liest. Ich setze mich, der rote Plastikstuhl knackt. Diese Stühle gibt es in beinahe jeder Praxis, seit mindestens dreißig, vierzig oder fünfzig Jahren, ich weiß es nicht genau. Sie sind ausgeblichen, die Stuhlbeine verrostet. Von der Chirurgie kommt niemand heraus, es geht auch niemand hinein, die roten Stühle sind alle besetzt. Großmutter gibt mir die Zeitung, hier, ich habe sie gelesen, sagt sie und holt einen Werbeprospekt namens Príma aus der Tasche. Außerdem einen Kugelschreiber, um die Angebote, die ihr gefallen, einzukringeln.

Meine Großmutter beobachtet ihren Körper. Sie sitzt vor dem Fernseher, wenn ihr schwindelig wird, notiert sie es in ihrem Heft. Den Zeitpunkt, was sie gefühlt hat, wo sie gerade war und wie lange es gedauert hat. Sie schreibt auch auf, wie oft sie ihr großes Geschäft macht.

Sie markiert es mit einem kleinen Stern im Kalender, sagt sie. Wenn sie in der Küche steht und Kopfschmerzen vom Ölgeruch bekommt, notiert sie es. 14 Uhr 27, Kopfschmerzen, Küche, Ölgeruch. Ich vertrage keinen Ölgeruch, sagt sie zu mir am Telefon. Ich bekomme davon unsägliche Kopfschmerzen. Bis jetzt hat es mir nie etwas ausgemacht, aber du siehst ja, was es auf einmal mit mir macht. So ist es, wenn man alt wird. Alles, was sie sagt, schließt sie mit dieser Feststellung ab. Ich war im Laden, habe sechs Kilo Kartoffeln gekauft und konnte sie kaum die Treppen heraufschleppen. So ist es, wenn man alt wird. Ich bin aufgestanden und habe erst nach zwei Stunden gemerkt, dass das Bett nicht gemacht ist. So ist es, wenn man alt wird. Manchmal lacht sie darüber, manchmal weint sie. Dazu kann ich nichts sagen, nicht lachen und nicht weinen, ich bin jung.

Vor zwei Wochen hat sie bemerkt, dass sich ein Muttermal an ihrem Rücken vergrößert hat. Sie hat nicht die Vergrößerung an sich bemerkt, sondern das Blut. Zuerst dachte sie nur, sie hätte es aufgekratzt, aber ihr T-Shirt ist mehrmals blutig geworden. Sie hat es jedes Mal notiert. Es blutete und tat weh. Sie war beim Hautarzt, der ihr eine Überweisung zum Chirurgen gegeben hat. Ein Akutfall, sagte Großmutter und gab mir die Überweisung. Darauf steht nichts von einem Akutfall, aber das kann man ihr nicht erklären. Sie steht mit dem Rücken zum Spiegel und bittet mich, den Handspiegel so zu halten, dass sie es sich richtig ansehen kann. Sie sieht es nicht, ganz gleich, wie ich ihn drehe. Sie sagt, ich würde ihn absichtlich so halten, dass sie es nicht sehen könne, weil der Anblick so schlimm sei.

Ich gehe zum vierten Mal an der Tür vorbei. Als ich aufgestanden bin, haben alle zu mir gesehen, jetzt beobachten sie mich, wie ich auf und ab spaziere. Manche folgen mit dem Blick meinen Füßen, dem Klopfen auf dem Steinboden. Die Tür wird geöffnet, die Sprechstundenhilfe ruft Großmutters Namen. Sie blickt von dem Prospekt auf, hält beim Einkringeln der Artikel inne. Oma, du bist dran, sage ich und berühre sie am Arm. Verwundert sieht sie mich an, als würde sie nicht verstehen, warum gerade sie dran sein sollte. Kommen Sie, wir beißen nicht, sagt die Sprechstundenhilfe. Sie sagt es nicht freundlich, eher gelangweilt, wohl zum wiederholten Mal an diesem Tag, kommen Sie, wir beißen nicht. Großmutter steht auf, der Prospekt fällt zu Boden. Ich hebe ihn auf, sie sagt, ich solle den Finger zwischen die Seiten legen, wo er gerade geöffnet sei, bis dorthin sei sie gekommen. Sie geht hinein, ich setze mich wieder an meinen Platz. Überall gibt es eine Sprechstundenhilfe, die diesen Duft benutzt. Er ist süß, dreht mir beinahe schon den Magen um, ich mag keine süßen Düfte. Er riecht nach Impfung. Er erinnert mich daran, dabei hat die Impfung keinen wahrnehmbaren Geruch, aber die Ärztin oder die Sprechstundenhilfe, von der ich sie bekommen habe, hatte diesen Geruch. Nach zwei Minuten kommt die Sprechstundenhilfe aus dem Behandlungsraum und sagt, Großmutter wolle, dass ich hereinkomme. Ich? Ja. Ich folge ihr, dabei rutscht mein Finger aus dem Prospekt, ich versuche mir die Seitenzahl zu merken, fünfzehn, die Seite, auf der das Kilo Kartoffeln für hundertdreiundzwanzig Forint angeboten wird. Wenn sie im Angebot sind, kauft sie mindestens zehn oder sogar fünfzehn Kilo und lässt einen Teil davon im Keller, von wo aus sie hinaufgeschleppt werden müssen. Sie bittet mich, sie zu holen, weil sie schon alt sei. Es sind immer noch Kartoffeln vom letzten Mal im Keller, die meisten haben schon Keime gebildet.

Ich betrete den Untersuchungsraum, die Frau deutet auf den mit einem Vorhang abgetrennten Umkleidebereich. Oma? Komm, komm her, sagt Großmutter. Ich kann ihn nicht ausziehen, sagt sie, im BH auf einem Schemel sitzend. Ich lege meinen Mantel und den Prospekt ab, öffne den BH, Großmutter zieht ihn aus, spaziert halb nackt aus der Umkleide. Ich habe doch gesagt, dass Sie den BH anbehalten können, sagt der Arzt. Ich bleibe in der Tür stehen. Wenn ich sie öffnen würde, würde derjenige, der gegenübersitzt, sehen, wie Großmutter sich auf die Untersuchungsliege setzt. Rechts davon steht zwar eine Stellwand, aber niemand verrückt sie. Passen Sie auf, wo sie mich anfassen, Herr Doktor, ich bin verheiratet, sagt sie keck. Der Arzt, ein Mann um die dreißig, lacht höflich. Jetzt, da ich ihren Körper halb nackt vor mir sehe, weiß ich mit meinem eigenen nichts anzufangen, ich verlagere das Gewicht von einem Bein aufs andere, bemühe mich, nicht hinzuschauen. Die Vorhänge sind schmutzig, grau, auch die Fenster hat man wohl lange nicht mehr geputzt. Aus der Tasche des Arztes lugt ein Buch mit einem blauen Umschlag hervor, ich versuche zu erraten, was es ist. Er ist jung, wird das Medizinstudium vor Kurzem abgeschlossen haben. Vielleicht ist es ein Fachbuch über Knochenbrüche. Darüber, wie man einen Gipsverband an eine gebrochene Hand anlegt oder etwas Ähnliches. Ich weiß nicht, wie lange ein Knochen braucht, um zu heilen, ich habe mir noch nie etwas gebrochen. Eine Freundin von mir hat sich den kleinen Zeh gebrochen und ist wochenlang gehumpelt, hat sich aber nicht getraut, zum Arzt zu gehen. Sie hatte so schon Schmerzen und Angst vor der Fixierung. Seitdem zeigt ihr kleiner Zeh leicht nach außen. Ich sehe es, wenn sie Sandalen trägt, aber auch nur, weil ich von dem Bruch weiß. Ich habe keine Ahnung, was man mit einem Bruch machen muss, aber bestimmt darf man die Stelle nicht bewegen. Ich müsste mal nachsehen, ob es ein Buch über die Grundlagen der Ersten Hilfe gibt. Ich weiß nicht, was ich in einem Notfall machen würde, wenn neben mir jemand zusammenbrechen würde. Ich gehe die Straße entlang und jemand neben mir bricht zusammen. Ich stehe im Supermarkt an, die Person hinter mir bricht zusammen. Ich fahre mit dem Bus und die Frau, die gerade den Knopf für den Kinderwagen gedrückt hat, obwohl sie gar keinen dabeihat, bricht zusammen. Sie hat den Knopf aus Versehen gedrückt, ich befürchte auch immer, dass mir das passiert, warum müssen die beiden Knöpfe auch so nah beieinander sein. Ich renne zu ihr und weiß nicht, wie weiter.

Es gibt auch Lehrkrankenhäuser, sagt der Arzt zu Großmutter, dort muss man nicht lange warten. Der Nachteil ist, dass die Assistenzärzte bei den Behandlungen zusehen. Das ist nicht schlimm, antwortet Großmutter, Hauptsache, es wird so schnell wie möglich gemacht. So eilig ist es nun auch wieder nicht, es ist nur besser, wenn wir es entfernen, damit Sie damit nicht überall hängen bleiben, sagt der Arzt, hilft Großmutter, von der Liege zu steigen, und setzt sich zurück an seinen Tisch. Meine Freundin, deren kleiner Zeh gebrochen war, geht ins Lehrkrankenhaus zum Zahnarzt, dort bekommt sie die Füllung von den Assistenzärzten kostenlos. Großmutter verschwindet hinter dem Vorhang, bedeutet mir, ihr zu folgen, ich helfe ihr, den BH anzuziehen. Ich gebe ihr das T-Shirt, sie nimmt es und geht hinaus. Sie hat es noch nicht einmal angezogen, schon sitzt sie wieder dem Arzt gegenüber und unterhält sich mit ihm. Sie besprechen die kommende Woche, und draußen ziehen wir die Mäntel an. Auf jedem roten Stuhl sitzt jemand, die Leute sehen uns an, feindselig.

Wir spazieren langsam nach Hause. Die Praxis ist zwei Haltestellen von der Wohnung meiner Großeltern entfernt. Großmutter hakt sich bei mir unter, geht vorsichtig, um auf den feuchten Blättern nicht auszurutschen. Manchmal bleiben wir stehen, sie sagt, ihr sei schwindelig. Nach ein paar Sekunden ist es wieder besser, so lange betrachte ich die bunten Neubauten. Gelb, blau, grün, meine Großeltern wohnen in dem pfingstrosenroten Haus. Sie nennt es so, Pfingstrosenhaus. Als vor der Sanierung über die Farbe abgestimmt wurde, bestand sie auf diese, mit der Begründung, damit würde ihres zwischen all den langweiligen Gebäuden hervorstechen. Es sollte nicht einfach nur grün oder blau sein, sondern pfingstrosenrot. Nur mir erzählte sie, dass früher, als sie als Kind in Rákoscsaba gewohnt hatte, einer ihrer Nachbarn ein Haus in dieser Farbe gehabt habe. Es war zweimal so groß wie ihres, und die Zweige des Kirschbaumes hingen in ihren Garten hinüber. Tante Rosa, so hieß die Nachbarin, erlaubte ihr und ihren Geschwistern, die über den Zaun hängenden Kirschen zu essen. Die richtig guten Kirschen erkennt man an den Maden, sagte sie, als sie sah, dass die Kinder manche wegwarfen. Ihr müsst nur die Maden herausnehmen und ihr werdet sehen, dass die Kirschen am besten schmecken. Großmutter isst bis heute am liebsten diese. Ich mag Kirschen nicht, weil sie entweder nicht schmecken oder madig sind. Das Haus der Nachbarn nannte man Pfingstrosenhaus, und Tante Rosa war eine kräftige Frau, die nie krank wurde. Nie, betont Großmutter immer, wenn sie von ihr spricht.

Als die Handwerker das Haus angestrichen hatten, gingen die Bewohner hinaus, um sich das Ergebnis anzusehen. Ich war auch da, das Gerüst wurde gerade abgebaut. Die Bewohner standen vor dem Haus und sagten gar nichts. Nach ein paar Minuten rief Großmutter: Unser schönes Pfingstrosenhaus! Das ist keine Pfingstrosenfarbe, sagte Großvater. Das ist Schweinchenrosa. Die Bewohner gingen allmählich wieder ins Haus, Großmutter freute sich, die meisten Bewohner nicht, und Großvater war es völlig egal. Doch als zwei Straßen weiter ein anderer Neubau in der gleichen Farbe angestrichen wurde, wurde Großmutter wütend. Die Bewohner freuten sich, weil nun nicht mehr nur ihr Haus so hässlich war, und Großvater war es völlig egal.

Das Pfingstrosenhaus taucht hinter den Bäumen mit den gelben und roten Blättern auf. Auf einer so großen Fläche ist die Farbe hässlich, aber das sage ich ihr nicht. Ich habe gesagt, dass es mir gefalle, und nenne es Pfingstrosenhaus, dabei kommt mir das Wort nur schwer über die Lippen. Es ist einfach viel zu lang. Von Nahem sieht man, dass sich schon Schmutz an der Wand des Hauses abgelagert hat, Großmutter beschwert sich über den dummen Feinstaub. Die Vorhänge müsse man auch jeden Monat oder wenigstens jeden zweiten Monat waschen, weil sie sich grau verfärben. Sie öffnet den Briefkasten, dabei hat sie das auch schon am Morgen getan, als wir losgegangen sind. Wir steigen langsam die Treppe zum zweiten Stock hinauf, am Fenster im Treppenhaus krabbelt eine bräunliche Wanze entlang. Sie muss seit Langem im Haus sein, deshalb hat sie diese

Farbe. Einmal ist eine Wanze zwischen die beiden Scheiben des Doppelglasfensters geraten, wo sie den ganzen Winter über blieb und sogar noch im Frühjahr lebte, inzwischen von Grün ganz in Braun verwandelt.

Als wir ankommen, fragt Großvater, was der Arzt gesagt habe. Er gibt Großmutter einen Kuss auf den Mund. Großmutter zieht sich aus und holt aus dem Schuhregal alte, schmutzige Hausschuhe. Sie wirft sie mir hin, damit ich mich nicht erkälte, man wird leicht krank, wenn die Füße kalt sind. Ich habe dicke Socken an, antworte ich und schiebe die Hausschuhe mit dem Fuß zurück unters Schuhregal. Ich versuche, sie weit nach hinten zu schieben, damit Großmutter sie nie wiederfindet. Seit sie mir vor ein paar Monaten eine Tüte voller Kleidung in die Hand gedrückt hat, nehme ich von ihr nichts mehr an. Sie habe es von Verwandten vom Lande bekommen, sagte sie, ich solle mir etwas daraus aussuchen, es sei bestimmt etwas für mich dabei. Es war nichts dabei, aber ein T-Shirt, das nicht allzu viele Löcher hatte, habe ich mitgenommen. Ein paar Wochen später stellte sich heraus, dass sie die Tüte neben einem Mülleimer beim Supermarkt gefunden hatte. Du hörst schon wieder nicht auf mich, sagt sie und lässt mich so lange nicht in Ruhe, bis ich die Hausschuhe wieder hervorhole und anziehe. Großvater drängt sie, endlich zu erzählen, was der Arzt gesagt habe. Es ist ein Akuteingriff, ich gehe nächste Woche ins Lehrkrankenhaus, antwortet sie. Musst du über Nacht dortbleiben?

Nein, das nicht. Das beruhigt ihn, er schläft und isst nicht gern allein. Wenn Großmutter nicht daheim ist, bräuchte sie ihm gar kein Essen hinzustellen, denn er isst es sowieso nicht, lässt es in der Mikrowelle stehen und rührt es nicht an.

Großmutter geht pinkeln, lässt dabei die Tür geöffnet. Hast du dieses hässliche rosa Haus gesehen? Wir sind daran vorbeigekommen, ruft sie mir zu. Wirklich? Ja, ja. Gleich neben dem Supermarkt. Gleich daneben? Ja! Hast du es nicht gesehen? Doch, habe ich. Es ist furchtbar hässlich, stimmt's? Ja, ist es. Sieh mich an, wenn ich mit dir rede. Wenn du fertig bist. Was? Ach so, ich pinkle doch nur, dafür muss man sich nicht schämen. So oft, wie ich dich nackt gesehen habe. Als wäre es gestern gewesen. Sie wischt sich ab und drückt die Spülung. Wäscht sich nicht die Hände. Wasch dir die Hände, sage ich. Habe ich das nicht? Nein. So ist es, wenn man alt wird, antwortet sie. Sie dreht den Hahn auf und zwei Sekunden später wieder zu. Ich habe dich doch schon darum gebeten, die Seife zu benutzen. Habe ich das nicht? Ich denke nicht. Sie geht zurück, hält die Hand unters Wasser, aber ich höre nicht, wie sie die Seife in die Kunststoffschale zurücklegt.

Deine Urgroßmutter war auch so eine kleine Schamhafte. Eine kleine Schamhafte? Ja, genau, sie hat sich auch so benommen. Was soll das heißen: so benommen? Sich immer bedeckt, sagt sie, holt ihr Notizheft hervor und schreibt etwas auf. So ist es. Sie ist mindestens eine

Stunde vor uns aufgestanden. Als wir wach wurden, hatte sie sich schon gewaschen und das Haar zu einem Knoten aufgesteckt und zwar so fest, dass es nicht einmal der Sturm von neunzehnhundertzweiundvierzig zerzaust hat. Oder dreiundvierzig? Opa, was sagst du? Na, egal, auf jeden Fall war es ein großer Sturm, er hat die Kastanie in unserem Garten aus dem Boden gerissen und den Zaun zerstört. Das Haus von Tante Rosa hat er auch nicht verschont, er fegte das Dach weg und machte ein Fenster kaputt. Tante Rosa selbst verschwand auch, wir sahen sie nie wieder. Mutter hat gesagt, sie sei auch vom Wind fortgetragen worden, dabei war das unmöglich, sie wog bestimmt einen Doppelzentner, sagt sie.

Meine Großmutter interessierte dieser mächtige Körper voller Kirschen sehr, weshalb sie und ihre jüngere Schwester sie einmal beobachteten. Das hat sie schon oft erzählt. Es war Winter und es wurde zeitig dunkel. Es brannte nur ein Licht im Schlafzimmer von Tante Rosa, aber dieses beleuchtete sie ausreichend. Man sah jede Biegung, jede Falte ihres Körpers. Sie sah aus wie Kuchenteig, sagt Großmutter. Sie war die erste erwachsene Person, die sie nackt gesehen hat. Weißt du, wir Kinder dachten, dass dieser mächtige Körper nicht vom Wind hatte verweht werden können, doch Mutter sagte so oft, sie sei vom Wind verweht worden, dass wir es ihr schließlich glaubten. Sogar wenn jemand kam und sich nach der Nachbarin erkundigte, sagte sie das. Seltsamerweise habe ich den Geruch von Tante Rosa zu

Hause oft wahrgenommen. Ein bisschen säuerlich und nach Moschus, das war Tante Rosa. Schon komisch, woran man sich erinnert, nicht? Der Kuli schreibt nicht mehr, sie schüttelt ihn, kritzelt damit auf einen Zettel. Du hast mir versprochen, mir eine Mine mitzubringen. Eine Mine kann ich dir nicht mitbringen, nur einen richtigen Kuli, antworte ich. Ich brauche aber eine Mine, was soll ich mit einem Kuli, den habe ich schon, das siehst du doch. Einen Kuli kann ich dir mitbringen, sonst nichts. Schon gut, sei nicht wütend auf mich. Bin ich nicht. Kleines, du weißt doch, das Alter. Sie schweigt eine Weile, sucht nach einem Kuli, der schreibt, probiert einen nach dem anderen auf dem Zettel aus. Ja, deine Urgroßmutter war genauso, sagt sie. Ein Tuch auf den Kopf und fertig. Ich weiß gar nicht, welche Farbe ihr Haar hatte. Ich stehe auf, gehe zum Regal, nehme eines der eingerahmten Bilder. Darauf sind Großmutter und meine Urgroßmutter zu sehen. Ich habe immer gedacht, sie habe schwarzes Haar gehabt, sage ich. Dein Haar sieht auf dem Bild heller aus, dabei war es schon immer dunkelbraun, nicht? Schwarz, Schwarz, es gibt doch viele Schattierungen von Schwarz. Natürlich war es schwarz. Aber was für ein Schwarz? Ist auch egal. Als ich sie das letzte Mal gesehen habe, hatte sie kein einziges schwarzes Haar mehr. Überhaupt hatte sie kaum noch Haare. Das fällt irgendwann aus. Nicht einmal an den Beinen, nirgends. Ich habe sie oft gebadet, sie hat immer gesagt, dass ihr das warme Wasser so guttut. Mindestens hundertmal habe ich ihr den Rücken gewaschen, aber ich habe keine Ahnung, ob sie auch solche Dinger darauf hatte. Der Arzt hat gesagt, es sind Alterswarzen. Sie sind genetisch. Genetisch?, frage ich. Ja, genetisch. Sie werden vererbt. Jemand klingelt, Großmutter springt auf, geht zur Gegensprechanlage. Es ist Tamás, sage ich zu ihr, es ist Tamás, ruft sie.

Großmutter begrüßt Tamás mit zwei Küssen auf die Wange, Großvater auch. Für ihn war es zuerst seltsam, dass sich die Männer bei uns nicht die Hand geben, sondern einen Wangenkuss. In seiner Familie ist das nicht üblich. Für mich ist es seltsam, dass es bei ihnen nicht üblich ist. Als er mich seinen Eltern vorgestellt hat, hat sein Vater mich mit zwei Küssen auf die Wange begrüßt und seinem Sohn die Hand gegeben. Wenn ich jemandem einen Wangenkuss gebe, rieche ich auch immer ein bisschen an ihm. Meist nehme ich den Geruch der Haare wahr oder das Deo der Person. Wenn jemand raucht, dann das. Wenn er trinkt, dann das. Tamás' Vater riecht nach Paprika und Speckgrieben. Tamás' Geruch mochte ich von Anfang an. Wir hatten uns die Hand gegeben, und als ich mich danach am Gesicht gekratzt habe, habe ich ihn bemerkt. Sein gesamter Körper riecht gut, nicht sein Deo, Parfum oder Aftershave. Vor ihm habe ich mal einen Mann getroffen, der überhaupt keinen Geruch hatte.

Tamás setzt sich neben mich aufs Sofa und gibt mir einen Kuss auf den Mund, nimmt meine Hand. Wie geht es Ihnen?, fragt er Großmutter. Ich habe dir schon tausendmal gesagt, dass du mich duzen sollst, antwortet sie. Aber Oma, du weißt doch, dass er das nicht kann, sage ich. Er siezt sogar seine eigenen Großeltern. Ja, ich verstehe schon, so ein altes Huhn wie mich will er nicht duzen. Aber dieses alte Huhn wird nächste Woche im Lehrkrankenhaus operiert. Weißt du, es gibt so ein Krankenhaus, wo die Operationen vor den jungen Ärzten gemacht werden, die noch in Ausbildung sind. Sie werden sich meinen Rücken ansehen, mindestens sechs oder acht Leute. Und so werden sie mich operieren. Es ist ein Akuteingriff. Diese Dinger auf meinem Rücken sind schon sehr hässlich, sagt sie und will ihr T-Shirt hochziehen. Oma, bitte, nicht jetzt, sage ich. Immer wenn Großmutter anfängt, sich auszuziehen, drückt Tamás meine Hand.

Ihr wollt schon los? Geht noch nicht, sagt sie verzweifelt, als ich bereits zum dritten Mal zur Wanduhr sehe. Ihr Blick wird trüb, sie fängt an zu blinzeln und wischt sich über die Augen. Nehmt wenigstens etwas zu essen mit, sagt sie, komm, Tamás, ich zeige dir, was es gibt. Wir haben auch Bier da, sagt sie und zieht ihn mit in die Küche. Ich packe die Befunde und die Überweisung zusammen, lege sie in ihre Mappe. Das kleine Notizheft liegt geöffnet auf dem Tisch. 3. November 2017, 8 Uhr 20. Lehrkrankenhaus, Operation. Zwei Zeilen darüber: 28. Oktober 2017, 7 Uhr 10. Heftiges Herzklopfen. Wohnzimmer, Küche, Flur. Dauer: Dreizehn Minuten. Ich schließe das Heft, und mir fällt die Zahl fünfzehn ein. Ich suche den Werbeprospekt, öffne ihn auf der Seite fünfzehn. Das Kilo Kartoffeln für hundertdreiundzwanzig Forint. Sie wird zehn Kilo kaufen, die werden auch keimen. Ich lasse den Prospekt auf dem Tisch liegen, gehe in die Küche. Fühl mal, wie rau es ist, sagt Großmutter. Sie steht mit dem Rücken zu Tamás, hat ihr T-Shirt und ihren BH ausgezogen. Keine Scheu, streich ruhig darüber, sagt sie. Oma, zieh dich an. Hör auf damit, was denkst du dir eigentlich dabei? Glaubst du, Tamás will deine Muttermale streicheln? Großmutter versteht nicht, knetet das T-Shirt. Sie sieht mich an, dann Tamás. Ich betrachte ihren Hals, man sieht, wo ihre Haut vom T-Shirt bedeckt war, daneben ist sie leicht gebräunt. Du erkältest dich noch. Ich gehe zu ihr, ziehe ihr das T-Shirt an, den BH nehme ich ihr weg. Ich habe ihm nur das Muttermal gezeigt, wie rau es ist. Nächste Woche wird es dich nicht mehr stören, der Arzt wird es entfernen, sage ich. Es ist ja ein Akutfall, füge ich hinzu.

Der Hund pinkelt auf den Teppich

Er hat es schon wieder gemacht. Als sie den Teppich gekauft haben, hatten sie noch keinen Hund. Wenn sie damals gewusst hätte, dass sie irgendwann einen Hund haben würden, hätte sie keinen Shaggy ausgesucht, dessen langer Flor sich nur schwer reinigen lässt, wenn der Hund darauf gepinkelt hat. Sie holt den Schwamm aus dem Bad, versucht, den gelben Fleck zu entfernen, der Hund versteckt sich hinterm Sofa. Er weiß, dass er etwas Dummes gemacht hat. Er weiß es immer, pisst trotzdem dorthin. Er ist erst vier Monate alt und hat schon eine schlechte Angewohnheit. Ein süßes Laster, wie ihr abendlicher Milchkaffee mit Hefezopf. Wenn sie Milchkaffee getrunken hat, wälzt sie sich lange im Bett herum, bevor sie einschläft. Wenn sie sich lange herumwälzt, denkt sie über Dinge nach, über die sie nicht nachdenken möchte.

Bogi, die Hündin, war zwölf Wochen alt, als sie sie in Göd abgeholt haben. Ákos hat sie geholt, er hatte sie auf Facebook aufgrund eines Fotos ausgesucht. Er hatte lange überlegt, welcher Welpe Eszter gefallen könnte, schließlich entschied er sich für eine Hündin mit vollkommen schwarzem Fell und einem kleinen weißen Abzeichen am Hals. Als er ankam, nahm sie gar keine

Kenntnis von ihm, sie spielte mit ihren Geschwistern in dem großen Garten, in dem es keine Blumen gab. Das war Ákos zuerst gar nicht aufgefallen, erst als die Züchterin sagte, er solle aufpassen, denn die Hunde würden alles kahl fressen. Wir leben in einer Wohnung, antwortete er. Dann ist ja gut, das ist auch in Ordnung, sagte die Züchterin. Um Ákos' Füße herum rannten, winselten und sprangen mindestens zehn Welpen. Sie wollten die kleine Schwarze abholen, stimmt's?, fragte sie. Zwei Impfungen hat sie schon bekommen, die dritte noch nicht, darum müssen Sie sich kümmern. Ákos hatte vage in Erinnerung, dass ein Hund mit zwölf Wochen eigentlich schon alle drei Impfungen hätte bekommen müssen, sagte aber nichts, nahm nur das kleine grüne Heft entgegen und steckte es in die Tasche. Eszter wird sich sehr freuen, dachte er. Schon bei ihrer ersten Verabredung hat sich herausgestellt, dass ihrer beider Lieblingshund die Französische Bulldogge ist. Das wäre nicht weiter von Bedeutung gewesen, wenn die Verabredung nicht gut gelaufen wäre, aber sie lief gut und dauerte acht Stunden. Sie saßen nach dem Kino in Ákos' Auto und unterhielten sich bis früh um fünf.

Ákos setzte den Welpen auf den Beifahrersitz, wo auch Eszter bei ihrem ersten Treffen gesessen hatte. Der Hund verkraftete die Fahrt gut, übergab sich nicht, hatte keinen Durchfall, winselte nur ein bisschen beim Einsteigen. Eszter war schon zu Hause, als sie ankamen. Ákos betrat die Wohnung mit dem zitternden

Welpen im Arm. Vor dem Hintergrund seines schwarzen T-Shirts war er gar nicht zu sehen. Eszter verstand die Situation zuerst gar nicht. Wem gehört dieser Hund? Warum ist er hier? Alles Gute zum Geburtstag, sagte Ákos.

Böser Hund, sagt Eszter, du bist ein böser Hund, ja, du! Bogi lugt hinter dem Sofa hervor, traut sich nicht herauszukommen. Im Netz stand, man soll den Hund mit der Nase in die vollgepinkelte Stelle drücken, damit er weiß, dass er etwas gemacht hat, was er nicht darf. Eszter wirft den Schwamm weg und setzt sich an den Rechner. Sie wirft ab und zu einen Blick nach hinten, Bogi kommt immer öfter hinter dem Sofa hervor. Sie haben sich sehr viele Gedanken über den Namen gemacht. Nennen wir sie Luzifer, hat sie zu Ákos gesagt. Das ist ein Katzenname, erwiderte er. Dann nennen wir sie eben Rußwolke. Das ist auch ein Katzenname. Aus irgendeinem Grund fielen ihr nur Katzennamen ein. Sie schlug noch Mohnnudel vor, aber das gefiel Ákos auch nicht. Sie braucht einen normalen Namen, sagte er. Sonst wird sie in der Hundeschule fertiggemacht. Darüber mussten sie lachen. Zwei Wochen lang hatte der Hund keinen Namen, wenn sie ihn riefen, sagten sie: Komm, Hund. Dann kamen Ákos' Eltern und Eszters Schwester vorbei, um ihn kennenzulernen. Damals waren auch noch die Namen Lili und Bella im Rennen. Ákos' Mutter sagte, dass die Tochter der Nachbarin, die jeden Abend brülle, wenn sie ins Bett müsse, Lili heiße. In diesen blöden Neubauwohnungen sind die Wände dünn wie Papier. Gegen Bella warf Eszters Schwester die Frage ein: Bella? Wie in *Twilight*? Schließlich beschlossen sie, die Familie nicht nach ihrer Meinung zu fragen. Zu dem Zeitpunkt standen nur noch zwei Namen auf der Liste: Bori und Bogi. Eszter sagte dann, Bori sei eher ein Name für ein Kalb.

Bogi schmiegt sich an Eszters Bein wie ein Katze, legt den Kopf auf ihren Fuß. Ich wusste schon immer, dass du eine Katze bist, sagt sie, beugt sich runter und streichelt ihr den Kopf. Bogi leckt ihre Hand. Eszter mag es, wenn Bogi schläft und ihr dabei die kleine rosa Zunge aus dem Mund hängt. Irgendwie hängt sie immer heraus. Anfangs hat sie es oft fotografiert. Sie hat sehr viele Bilder von ihr. Bogi schläft, Bogi versteckt sich, Bogi mit Ákos, Bogi neben ihrem Bein, Bogi frisst, Bogi versucht zu bellen. Bogis Rücken, Bogis kleine Pfote, Bogis erster Besuch im Park. Sie wollte mit allen Hunden spielen, aber die haben sie nur beschnüffelt, den geschlechtslosen Welpengeruch wahrgenommen und sich nicht mehr für sie interessiert. Oder sie angeknurrt. Dabei verspürte Eszter eine Nervosität im Magen und eine sonderbare Aufregung.

In den ersten beiden Wochen blieb sie mit dem Hund zu Hause. Manchmal bemerkte sie nicht, dass er auf den Steinboden gepinkelt hatte, nur, dass ihre Socken feucht wurden. Sie legten an zwei Stellen der Wohnung jeweils eine Hundewindel, meist pinkelte Bogi dorthin.

Oder auf den Teppich. Eszter saß am Rechner, ihr Chef hatte ihr erlaubt, von zu Hause aus zu arbeiten. Sie saß am Rechner, und Bogi wollte sich auf ihren Schoß setzen. Wenn sie es ihr nicht erlaubte, winselte Bogi, und nach einer Woche verlieh sie ihrer Aufforderung mit einem an Bellen erinnernden Laut Nachdruck. Schließlich setzte Eszter sie auf ihren Schoß, wo Bogi einschlief. Beim ersten Mal waren Eszters Beine nach einer Weile ganz taub, weil sie sich nicht traute, sich zu bewegen, um den Hund nicht zu wecken. Dabei musste sie dringend pinkeln. Sie hob Bogi behutsam an, brachte sie an ihren Platz. Wenn sie schon seit mehreren Stunden schläft, knallt Eszter die Tür oder tritt aus Versehen gegen ihr Bett. Sie hat beobachtet, dass Bogi manchmal auf dem Rücken schläft wie ein Kind. Dieser Hund wird ab jetzt immer hier sein. Daran muss sie oft denken. Er wird immer hier sein, auf ihrem Schoß schlafen, auf ihrem Fuß sitzen, auf den Teppich pissen. Also nicht für immer, aber schon für die nächsten zehn Jahre. Als sie nach Bogis Ankunft zum ersten Mal wieder ins Büro gegangen ist, hat sie sich in der Cafeteria einen Milchkaffee gekauft, sich an ihren Laptop gesetzt und recherchiert, wie lange eine Französische Bulldogge lebt. Sie erhielt die durchschnittliche Lebenserwartung. Zehn bis zwölf Jahre. Durchschnittliche Lebenserwartung. Als handelte es sich um eine Waschmaschine oder einen Kühlschrank. In zehn Jahren wird sie schon einundvierzig Jahre alt sein. Sie wird mehr graue Haare haben, schon jetzt hat sie bestimmt ein Dutzend. Die Haut unter ihrem Kinn wird etwas schlaffer, sie meidet das Wort Doppelkinn. Sie findet, das klingt nach Karikatur. Bei ihrer Mutter war es auch so. Sie wird viel joggen, damit sie keine breiten Hüften bekommt, die Frauen in ihrer Familie neigen dazu. Später wird sie viel joggen, jetzt ist es noch nicht nötig. Sie werden in einer Wohnung mit mindestens drei Zimmern im selben Bezirk wohnen. Sie mögen diesen Bezirk. Sie wird woanders arbeiten, heute arbeitet niemand mehr länger als fünf Jahre für denselben Arbeitgeber. Zehn Jahre kommen ihr wie eine unvorstellbar lange Zeit vor. Und der Hund wird immer noch hier sein.

Bogi leckt ihre Hand, aber Eszter hebt sie jetzt nicht auf den Schoß. Sie steht auf, geht in die Küche, bereitet das Abendessen vor. Scheiße, sagt sie laut. Der Hund streift ihr um die Beine herum, erschrickt und blickt auf. Du bist nicht gemeint, sagt Eszter. Sie hat vergessen, das Fleisch aus dem Gefrierschrank zu nehmen. Sie hat die Schüssel bereitgestellt, das Fleischschneidebrett und sogar das Messer, aber das Fleisch hat sie vergessen. Sie öffnet den Gefrierschrank und holt die Hühnerbrust heraus. Es ist, als würde das gefrorene Fleisch an den Fingern brennen. Sie legt es in die Mikrowelle, stellt die Auftaufunktion ein. Sie taut das Essen nicht gern in der Mikrowelle auf, der Rand der Hühnerbrust ist schon fast gekocht, ganz weiß, wenn sie innen immer noch ganz hart ist. Und jetzt warten wir, sagt sie zu Bogi.

So ist es, wir warten, bis das Fleisch aufgetaut ist. Wie gut, dass du hier bist, so kann ich laut vor mich hinreden. Sie holt den Reis hervor, wäscht ihn, lässt ihn abtropfen, so gut es geht. Wie umständlich es ist, den Reis zu waschen, eigentlich ist es völliger Blödsinn, trotzdem wäscht sie ihn, weil sie es so gelernt hat. Sie beschließt, ihn das nächste Mal nicht zu waschen. Ein kleiner Haufen nasser Reis fällt auf den Boden, Bogi rennt hin, schnuppert daran. Pfui!, sagt Eszter. Sie weiß nicht, ob der Hund rohen Reis fressen würde oder ob er es überhaupt darf. Sie weiß, dass er keine Kartoffeln fressen darf. Auch keine ungekochten Knochen oder rohes Hühnerfleisch. Das weiß sie seit zwei Monaten, vorher hatte sie keine Ahnung davon, dass er Kartoffeln nicht verdauen kann und auf Hühnerfleisch allergisch reagieren könnte. Hunde fressen Knochen, hatte sie gedacht. Sie fressen Knochen und jagen Katzen, die Katzen jagen Mäuse. Sie weiß noch, dass ihre Großmutter Jäger, dem Vorstehhund, oft Knochen gegeben hat. Hunde fressen Knochen. Wenn sie darüber nachdenkt, könnte sie nicht sagen, ob die Knochen vorher gekocht wurden oder Jäger sie einfach so bekam.

Ákos weiß, dass Eszter zum Abendessen Fleisch braten will. Sie tut es in einen Bratbeutel mit Kartoffeln und Zwiebeln und sticht den Beutel ein, damit der Dampf entweichen kann. Einmal hat Ákos vorgeschlagen, ihn nicht einzustechen, um auszuprobieren, was passieren würde. Eszter winkte ab, wozu, wen interessiert es schon, was dann passiert, nichts wird passieren, was sollte denn passieren. Ihn würde es schon interessieren, sagte er, ganz gleich, was passiert. Er biegt in ihre Straße ein, schon wieder steht jemand auf ihrem Platz. Offiziell gibt es keine zugewiesenen Plätze, aber es gibt ein stillschweigendes Übereinkommen zwischen den Bewohnern. Eszter ist der Meinung, dass es das nicht gibt, er aber ist der Meinung, dass es das gibt, und nach seinem stillschweigenden Übereinkommen gehört ihnen der dritte Stellplatz, fünf Meter vom Hauseingang entfernt. Davor steht ein schneemannförmiger Busch. Jetzt ist der Platz besetzt, Ákos muss bis zum Ende der Straße fahren. Nachdem er den Code für die Haustür eingegeben hat, nimmt er plötzlich den Geruch von gebratenem Fleisch wahr. Des Fleischs, das in dem Bratbeutel mit den achtzehn Löchern brät. Eszter besteht darauf, die Nadel achtzehnmal in den Beutel zu stechen, so steht es in der Anleitung, 15 bis 18 Löcher, für Huhn 30 Minuten, bei Umluft 180 Grad. Eszter legt das Huhn erst jetzt in den vorgeheizten Ofen, Ákos kann den Geruch im Treppenhaus noch gar nicht riechen. Bogi spitzt bereits die Ohren, als Ákos den Code eingegeben hat, hat es in der Wohnung gepiept. Sie rennt zur Eingangstür, kratzt. Nein!, sagt Eszter. Der Hund winselt, kratzt, wackelt mit dem Hintern. Heute freut er sich so sehr, dass er sogar Wasser lässt. Pass auf!, sagt Eszter, als Ákos hereinkommt, und deutet auf die Pfütze. Er hat noch nicht einmal den Mantel ausgezogen, schon hebt er Bogi hoch, die kleine rosa Zunge leckt ihm über den Mund. Eszter kann es nicht leiden, dass der Hund ihr über die Haare, die Ohren, die Nase leckt. Sie gibt Küsschen, sagt Ákos. Sie kann es trotzdem nicht leiden. Nach Bogis Küsschen geht sie sich die Ohren und die Nase waschen. Vor dem Essen wäscht sie sich die Hände. Vor dem Schlafengehen wäscht sie sich die Hände. Ihre Hände sind schon ganz ausgetrocknet, spröde, manchmal bluten sie sogar. Sie muss sie jeden Abend eincremen. Hände waschen, eincremen, ins Bett gehen. Bogis Schlafplatz ist neben ihrem Bett, darauf haben sie sich geeinigt, sie darf nicht ins Bett. Am Ende gewöhnt sie sich noch daran und will sich nicht mehr in ihr eigenes Bett legen. Eszter hatte Angst, dass sie sich in der Nacht auf sie legen und sie erdrücken würde. Bogi ist so ungeschickt, dachte sie, sie war ja auch schon ein paarmal versehentlich auf sie getreten, es ist, als hätten sich ihre Reflexe nicht richtig ausgebildet. Sie läuft einem ständig zwischen die Beine. Sie muss den Hund vorsichtig zurückschieben, wenn er aufs Bett springen will, denn sein Schlafplatz ist auf ihrer Seite. Am Abend sind ihre Augen ganz verschmiert, das wischt Eszter auch ab. Manchmal macht sie es so derb, dass der Hund anfängt zu winseln. Bleib hier!, befiehlt Eszter ihm und ergreift seinen Kopf, damit er sich nicht bewegen kann. Dieser verdammte Augenschleim, denkt sie. Sie hat im Internet gelesen, dass solchen Hunden oft die Augen tränen und man auch regelmäßig die Falten um die Nase herum auswischen muss, damit sie sich nicht entzünden. Dieser beschissene Schleim.

Eszter wirft einen Blick auf den Reis, kippt noch etwas Wasser hinzu. Komm, lass uns mal nachsehen, was Mama macht, sagt Ákos im Flur. Hallo, Mama, was machst du?, fragt er, inzwischen aus der Küchentür. Noch ungefähr fünfundzwanzig Minuten, antwortet sie, der Reis ist gleich fertig. Ákos hat sie am zweiten Tag nach der Ankunft des Hundes zum ersten Mal Mama genannt. Bogi hatte den rosa Stegosaurus, eines der Spielzeuge, die sie ihr am Tag zuvor gekauft hatten, im Maul, ist damit durchs Wohnzimmer getappt und hat sich schließlich unter dem Couchtisch versteckt. Eszter ist hereingekommen, schau mal, sagte Ákos. Komm, Hund, zeig mal Mama, was du da hast. Der Hund kam mit dem rosa Stegosaurus im Maul zu ihr und zeigte ihn seiner Mama. Und dann pinkelte er. Ihre Großeltern haben sich gegenseitig nie als Jägers Eltern bezeichnet. Wenn sie wütend auf ihn waren, sagten sie: Geh zu deinem Herrchen. Das konnte, abhängig von der Situation, sowohl der Großvater als auch die Großmutter sein. Als Ákos sich dann hinter dem Sofa versteckte, konnte sie zum Hund nicht sagen: Wo ist dein Herrchen? Wo ist Ákos? hätte auch komisch geklungen. Wo ist Papa?, fragte sie schließlich. Wo ist Papa?, Papa kommt zu spät, Papa ist der Beste, den Blick kannst du dir für Papa aufheben, geh zu Papa. Manchmal rutscht ihr sogar ein Papilein heraus. Wenn das passiert, gräbt sie ihre Nägel tief in die ausgetrocknete Hand. Es blutet, sie wischt es ab.

Warum ist der Teppich nass?, ruft ihr Ákos aus dem Wohnzimmer zu. Weil sie draufgepinkelt hat!, antwortet sie. Schon wieder? Ja. Eszter reibt die Gurke für das Tsatsiki. Sie hat die Gurke gewaschen und geschält, sie isst sie nicht gern mit Schale. Sie gibt Knoblauchpulver dazu. Ákos mag das nicht, aber sie hat keine Lust, die Knoblauchpresse hervorzuholen. Sie lässt sich schwer reinigen, ein Teil des Knoblauchs bleibt immer darin, den muss man mit den Fingernägeln herauspulen, und dann riechen ihre Finger tagelang nach Knoblauch. Ákos schaltet im Wohnzimmer den Fernseher ein, sucht nach einer Serie. Bogi sitzt auf seinem Schoß, nach zwei Minuten fallen ihr die Augen zu. Eszter meint, er würde den Hund manchmal so halten wie ein Baby. Die beiden Vorderpfoten ruhen auf seinen Schultern, der Kopf ebenfalls und die Hinterläufe sind gespreizt wie Froschschenkel. Zuerst hat sich Bogi gegen die ungewöhnliche Position gewehrt, aber inzwischen hat sie sich daran gewöhnt.

Ákos hatte vor drei Monaten zum ersten Mal daran gedacht, einen Hund zu kaufen. Einer seiner Kollegen hatte ein Kind bekommen, und sie schenkten ihm gemeinsam einen Gutschein fürs Brendon, ein Geschäft für Babyausstattung. Alle, die schon Kinder hatten, sagten, das sei das beste Geschenk, das Brendon sei super, nur wahnsinnig teuer. Fast alle seiner Kollegen kannten das Brendon, die Produkte, die Preise, wussten, wo die Filialen waren. Als Ákos im Frühjahr dreißig wurde, bekam er ein Abo fürs Kino. Er weiß nicht mehr, wie ihm der Hund eingefallen ist. Er saß nach dem Mittagessen in seinem Büro und suchte nach Sitzbezügen für sein Auto. Er hatte sich einen Kaffee geholt, der war aber noch zu heiß. Er blickte zu dem Becher, sah den Dampf. Er trinkt ihn ohne Milch, mit einem Stück Zucker. Er mag es, wenn der Kaffee so heiß ist, dass sich der Zucker sofort darin auflöst. Während er den Dampf betrachtete, hörte er einen Hund bellen. Es war Frici, der Terrier. Sein Herrchen, István, ist Rentner. Sein Hund ist vierzehn Jahre alt, das wäre in Menschenjahren achtundneunzig, er ist auch schon Rentner. Sie gehen jeden Tag in das kleine Restaurant an der Ecke, wo man das Mittagessen nach Gewicht bezahlt. Ákos hat das Bellen gehört, ihm aber keine besondere Aufmerksamkeit geschenkt. Er achtete nicht auf den Kaffeedampf, auch nicht auf die Sitzbezüge oder das Hundebellen, aber er weiß noch, dass er an diesem Nachmittag zum ersten Mal im Netz nach Französischen Bulldoggen gesucht hat. Und dass ihm danach auch einfiel, dass Eszter in einem Monat Geburtstag haben würde.

Eszter kostet das Tsatsiki, fügt noch etwas Pfeffer hinzu. Ihr fällt ihre erste Verabredung vor zwei Jahren ein. In letzter Zeit muss sie oft daran denken. Sie saßen im Auto, und Ákos traute sich nicht, ihre Knie oder auch nur ihre Hand anzufassen. Sie waren auf dem Parkplatz des Kinos geblieben, draußen war es kalt, die untere Hälfte der Fensterscheiben war beschlagen. Ákos wischte manchmal die Scheibe auf seiner Seite ab und fuhr dann mit der nassen Hand über sein Hosenbein. Sie stellen fest, dass sie beide Jon Snow aus *Game of Thrones* nicht ausstehen können, Fisch mögen, aber Leber hassen und für die Filme von Wes Anderson schwärmen. In ihrer Kindheit war *Zurück nach Hause* ihr Lieblingsfilm gewesen. Sassy mochte ich auch nicht, sagte Eszter, ich bin eher ein Hundemensch. Ich auch, ich mag vor allem Französische Bulldoggen, wenn ich einmal einen Hund hätte, dann bestimmt den. Geht mir auch so, antwortete Eszter. Sie mochte sie wirklich, wenn sie auf der Straße eine Französische Bulldogge sah, blieb sie stehen und streichelte sie. Sie mochte auch Max, den Hund ihrer Freundin, aber manchmal empfand sie seine Anwesenheit als lästig, wegen ihm konnten sie nicht überallhin gehen, und Eszter mochte es, sich frei entscheiden zu können. Mit ihm konnte man eben nur dorthin gehen, wo Hunde erlaubt waren. Diese Orte nannte man hundefreundlich. Einmal hatte Max ihr den Mund abgeleckt, und danach hat sie tagelang befürchtet, irgendeine Krankheit von ihm bekommen zu haben. Ich bin auch ein Hundemensch, wenn, dann hätte ich auch nur eine Französische Bulldogge, ich mag ihre Fledermausohren. Danach war es nie wieder Thema.

Der Reis ist etwas zerkocht, sagt Eszter, als sie mit dem Tablett hereinkommt. Sie hält in der Tür inne, du hast es nicht weggemacht, stellt sie in fragendem Ton fest. Nein, antwortet Ákos. Ich dachte ... du würdest es machen. Sorry. Er nimmt ihr das Tablett aus der Hand, Eszter geht ins Bad, zieht die Socken aus. Sie reißt einen Streifen Toilettenpapier ab und wischt die Pfütze auf. Jedes Mal wische ich ihre Pisse weg, sagt sie. Das nächste Mal mache ich es, antwortet Ákos.

Eszter zieht frische Socken an, sie sind mit kleinen Köpfen von Französischen Bulldoggen gemustert. Sie hat sie vor zwei Wochen von Ákos bekommen. Du hast tolle Socken, sagt er, gibt ihr viele Küsschen, pustet ihr auf den Hals, bis sie schließlich lachen muss. Das Fleisch dampft, es ist noch heiß, sagt sie. Pass auf, dass du dich nicht verbrennst. Ákos setzt Bogi ab, die sich an Eszters Beine schmiegt. Spielst du schon wieder Katze?, fragt sie, setzt sich in den Schneidersitz und nimmt das Tablett auf den Schoß. Wir müssten einen kleinen Mantel für sie bestellen. Was hältst du davon, Mama? Kaufen wir ihr einen Hundemantel. Meinetwegen, antwortet sie. Wir bräuchten einen, bei dem man die Größe verstellen kann. Sie wächst ja bestimmt noch, sagt Ákos, nimmt ein kleines Stück Fleisch in den Mund, verdammt, ist das heiß!, ruft er. Ich habe es dir doch gesagt. Ákos öffnet den Mund, Eszter pustet hinein. Sie pustet, bis das Stück Fleisch etwas auskühlt. Bogi legt die Vorderpfote auf die Sofalehne und beobachtet, ob es Ákos aus dem Mund fällt. Das tut es nicht, so sehr sie es auch fixiert. Vergiss es, sagt Eszter zu ihr. Ihr schießt der Gedanke durch den Kopf, was wäre, wenn es herunterfallen, der Hund es fressen würde und sich dann herausstellte, dass er allergisch auf Huhn ist? Manchmal stellt sie sich auch vor, wie es wäre, wenn dem Hund ein Knochensplitter im Hals stecken bliebe. Sie schiebt mit der Gabel ein Stückchen Huhn an den Rand ihres Tellers, ganz an den Rand. Es fällt, fällt nicht. Wenn es jetzt hinunterfallen würde, würde der Hund daran schnüffeln und es fressen. Wenn er allergisch darauf ist, das hat sie auch im Netz gelesen, übergibt er sich, wenn die Allergie sehr stark ist, mitunter tagelang. Er ist dann extrem dehydriert und muss zum Tierarzt gebracht werden. Er bekommt eine Infusion, die Kanüle wird in eine der Vorderläufe gelegt. Der Hund übergibt sich noch immer. Drei Tage später stirbt er schließlich. Wo könnte man ihn begraben? Sie haben keinen Garten. Sie weiß nicht, ob es einen Hundefriedhof gibt, wohin man seinen Hund bringen kann, wenn man keinen Garten hat. Vielleicht würden sie ihn nur zum Flugplatz bringen, zu dem Zaun, von wo aus sie manchmal die Flugzeuge beobachten. Nein, das lieber nicht, sie würde nicht wollen, dass sie beim Flughafen immer daran denken müsste, dass Bogi dort begraben ist. Man müsste sie in einen großen Sack einpacken und so begraben. Oder in eine Holzkiste legen, aber sie weiß nicht, wo man die besorgen könnte. Ákos' Vater hat vielleicht eine, sie müsste ja auch nicht groß sein, Bogi ist ein kleiner Hund. Plötzlich schämt sie sich. Sie geht in die Küche und holt ein Hundeleckerli, irgendeine mit Bacon umwickelte Stange. Sie streichelt ihr den Kopf, gibt ihr das Leckerli. Sie zeigt auf den Boden, Bogi soll sich hinlegen. Bogi legt sich hin und gräbt den Kopf in den Shaggy-Teppich.

Urlaub, acht Buchstaben

Der weiße Schwimmer taucht ins Wasser und wieder auf. Großvater greift nicht nach der Angelrute, rührt sich nicht einmal. Der Schwimmer verschwindet wieder, nun springt er doch auf und nimmt endlich die Rute. Ein Katzenwels. Schon der siebte. Großvater sticht sich nicht an den Stacheln, als er den Haken aus dem Maul entfernt. Ich betrachte den Fisch, wie er das Maul auf- und zumacht und an der Luft erstickt. Nachdem Großvater den Katzenwels in den Kescher geworfen hat, wäscht er sich die Hände, sie riechen trotzdem noch nach Fisch. Die Oberfläche des Sees kräuselt sich noch ein bisschen und wird allmählich wieder glatt. Als Großvater sich wieder hinsetzt, knackt der Campingstuhl. Wenn ich sterbe, sollt ihr mich einäschern lassen und in diesen See streuen, sagt Großmutter. Sie betrachtet das Wasser, auf ihrem Schoß liegt eine Rätselzeitung, in der Hand hält sie einen roten Stift. Streut mich einfach in den See, ihr sollt euch nicht um mich kümmern müssen, nicht immer auf den Friedhof gehen. Denn Staub sind wir, sagt sie. Sie verscheucht die Wespe, die sich auf ihrem Arm niederlassen wollte. Ich sehe Großmutter an und stelle mir vor, wie sie funkelt, sehe die winzigen Körnchen, aus denen sie aufgebaut ist, und dann wird sie zu Staub und fliegt, wie vom Wind verweht, in den See, schwebt noch eine Weile an der Oberfläche und wird schließlich vom Wasser verschluckt. Großvater trinkt einen Schluck Bier, ich habe eine Cola, Bier bekomme ich nicht, sie halten mich immer noch für ein Kind. Mir ist heiß, mein Rücken schwitzt, ich setze mich auf die Terrasse, wo es kühler ist. Von hier sehe ich Großmutter gut, sie streicht ein Wort durch und trägt woanders etwas ein. Was ist Kurkuma?, fragt sie. Ein Gewürz, antworte ich. Ja, aber was für eins? So etwas wie Ingwer.

Mit der Einäscherung möchte sie eine Vorreiterin sein. Auf dem mütterlichen Zweig wurde bei uns noch nie jemand eingeäschert, wir begraben unsere Toten in der Erde, vielleicht, weil sich alle so sehr vorm Feuer fürchten wie ich. Ich fürchte mich sogar vor dem Gasherd, ich habe Angst, dass das Feuer auflodert und ich mir die Hand verbrenne oder das Haar ansenge. Wir alle werden als Körper in einen Sarg gelegt, dieser kommt in die Erde, darauf wird Erde gestreut, und der Deckel des Sarges bricht nach ein paar Jahren ein. Was sollen wir auf den Grabstein schreiben? Das hat mich Großmutter vor vier Jahren gefragt. Wir haben Mutter über Vater begraben, ich hatte große Angst, dass ich Vaters eingebrochenen Sarg sehen würde, weil gesagt wurde, dass nach sieben Jahren die Erde den Deckel eingedrückt haben konnte. Schließlich sah ich ihn nicht, vielleicht, weil ich es so sehr vermeiden wollte.

Der Steinmetz würde Mutters Namen unter den von Vater gravieren, und ich musste entscheiden, was dort stehen sollte. Tagelang habe ich darüber nachgedacht. Sie hatte zwei Vornamen, Anna und Ilona, ich nannte sie Mama, manchmal vielleicht auch Mami, ich weiß nicht mehr, Mutter bestimmt nicht, höchstens aus Spaß. Anna oder Ilona nannte ich sie nie. Ihre Freundinnen nannten sie Panni, ihre Mutter Anna, aber auf ein paar alten Fotos und vergilbten Schulheften stand Ilona. Den Namen, den ich von den Briefen kannte, die von der Bank kamen, oder von den an sie persönlich adressierten Werbebroschüren, Frau und dann der Nachname meines Vaters, wollte ich auch nicht eingravieren lassen. Meine Mutter war mehr als der Name meines Vaters mit dem vorangestellten Wörtchen Frau. Schließlich habe ich gesagt, man sollte unter den Namen meines Vaters Folgendes schreiben: und seine Ehefrau, Anna Hargitai. Das ist auch so etwas, worüber ich mit Mutter nicht hatte sprechen können, so etwas kann man nicht fragen, was sollen wir auf deinen Grabstein schreiben. Ich habe nie erfahren, ob ihr Frau in Kombination mit dem Namen meines Vaters gefallen hätte oder welchen ihrer beiden Vornamen sie mehr mochte, Anna oder Ilona. Angeblich essen wir so viel Konservierungsmittel, dass sich der Körper selbst nach Jahren nicht zersetzt. Manchmal frage ich mich, ob sich der Körper meiner Mutter nach so vielen Jahren schon zersetzt hat, ob die Sommersprossen auf ihrem Gesicht noch zu erkennen sind, obwohl es seit Jahren nicht der Sonne ausgesetzt war, ob man die Muttermale auf ihrer Hand sieht, die Impfnarbe am Oberarm, diese runde Delle mit der Insel in der Mitte. Selbst wenn man all das sehen könnte, wird es niemand sehen, ich kann es mir nur vorstellen, und Großvater und Großmutter können es sich vorstellen.

Jetzt sitzt Großmutter am See und löst seelenruhig Kreuzworträtsel. Gummilinse, liest sie, schreibt etwas, dann verbessert sie das E in ein I. Ich stehe auf, überall, wo mein Körper den Stuhl berührt hat, bin ich schweißnass. Ich spaziere nach hinten, hocke mich hinters Haus, um zu pinkeln. Ich hasse das Plumpsklo, es stinkt, ist voller Fliegen, sie prallen ständig gegen meine Oberschenkel. Ich beeile mich, niemand sieht mich. Ich wasche mir die Hände im Brunnen, Cola und Bier sind bereitgestellt, die Dosen schweben im eiskalten Wasser. Ich halte die Handgelenke unter den Abfluss, ertrage die Kälte aber nicht lange. Ich setze mich wieder auf die Terrasse, von den Händen tropft mir das Wasser auf die Füße. Von welchem Land ist Kopenhagen die Hauptstadt?, fragt Großmutter. Großvater antwortet nicht, auch ich schweige. Ich sage ihr nicht, dass es Dänemark ist. Ich sage ihr auch nicht, dass Oma Kati ebenfalls eingeäschert wurde. Damit würde ich sie nur daran erinnern, wie sehr sie Oma Kati gehasst hat, und das selbst dann noch, als die Mutter meines Vaters, die Frau mit dem Herzen aus Stein, wie Großmutter sie nannte, vor Jahren starb. Sie ist der Meinung, dass Oma Kati meine Mutter nie wirklich als Mitglied ihrer Familie akzeptiert habe und eine böse Frau gewesen sei. Wenn ich meinen Kopf auf ihren Brustkorb gelegt hätte, hätte ich ihr Herz nicht schlagen gehört. Natürlich sei das nur ein Scherz, über Tote nur Gutes. Aber du erinnerst dich schon, dass sie auch euch zu Weihnachten immer nur Mist gekauft hat, oder?, fragt sie. Irgendeinen Mist, völlig sinnloses Zeug, einen Kerzenständer oder so. Wer kauft einem elfjährigen Kind einen Kerzenständer oder einen Becher? Wenn sie damit einmal anfängt, kann sie nur schwer aufhören, sie bekommt einen ganz trockenen Mund, vergisst sogar zu schlucken und Luft zu holen, und ich habe Angst, dass sie erstickt.

Oma Kati wurde auf dem Friedhof gegenüber vom Gefängnis verstreut. Damals habe ich zum ersten Mal eine Feuerbestattung erlebt. Als wir aus dem Bus stiegen, bemerkte ich sofort den starken Blumengeruch. Ich solle etwas aussuchen, sagte Mutter, ich solle die Blumen für Oma aussuchen. Wir gingen von einem Blumenstand zum nächsten, ich entschied mich für Nelken, aber Mutter sagte, das sei eine Totenblume, ihr Duft erinnere sie immer an Beerdigungen. Ich weiß nicht, was ihre Lieblingsblume war, sagte ich. Mutter wusste es auch nicht. Schließlich suchte ich Margeriten aus, die haben keinen Geruch. Ich wollte nicht, dass mich der Duft irgendeiner Blume ab jetzt immer an das Begräbnis von Oma Kati erinnern würde.

Den Ort, wo die Asche verstreut wird, fanden wir nur schwer. Meine Tante deutete auf den Platz neben sich, ich solle mich in die erste Reihe stellen. Ich kämpfte mich irgendwie zwischen den Menschen hindurch, es waren viele, viele schwarze Oberteile und Kleider, schwarze Socken, schwarze Perlenohrringe. Meine Hose hatte einen roten Knopf, ich hielt die Hand davor, versuchte, ihn zu verstecken. Mutter stand in der zweiten Reihe. Als sie vor uns entlangging, hörte ich das Klackern ihrer Absätze. Alle starrten auf ihre Füße. Schwarze Schuhe, aber sie klackerten. Man sah sie schief an, wusste nicht, dass das keine Unhöflichkeit von ihr war, da sie nur solche Schuhe hatte. Die Urne stand hinter dem Priester auf einem Podest. Am Ende der Trauerzeremonie kamen zwei Männer, brachten sie nach hinten zu einer Säule voller Blumen. Einige Minuten später wurde die Asche verstreut, es sah aus wie ein Springbrunnen.

Viele weinten, auch Leute, die ich noch nie gesehen hatte. Ich erkannte die Nachbarin, Irén, die unter Oma Kati gewohnt hatte und manchmal vorbeikam, wenn ich in den Ferien bei ihr war. Sie wollte das Enkelkind sehen, von dem sie so viel Gutes gehört hatte. Sie strich mir über den Kopf, ihre Hand duftete immer nach Obst, nach Aprikosen, Himbeeren, Erdbeeren. Sie ging jeden Morgen in ihren Garten, um die Früchte von den Sträuchern und Bäumen zu pflücken. Irén weinte, als die Asche verstreut wurde. Das war der Moment, in dem den meisten die Tränen kamen. Ich weinte auch. Wenn ich jemanden weinen sehe, muss ich auch weinen. Diesmal war das aber nicht der Grund. Ein ganz schönes Tamtam, habe ich es mir doch gedacht, hätte Oma Kati gesagt. Ich mochte ihren Humor, und auch sie vertrug keine Wärme. Sie würde hier schwitzend neben mir auf der Terrasse sitzen, und ich würde ihr die Hand mit dem kalten Brunnenwasser auf den Rücken legen. Sie kannte den Namen, den Großmutter ihr verpasst hatte. Die Frau mit dem Herzen aus Stein. Als sie zum ersten Mal hörte, dass sie von Großmutter hinter ihrem Rücken so genannt wurde, lachte sie schallend. Sie lachte so sehr, dass ihr die Tränen kamen, sie wischte sie sich aus den Augen, verteilte sie über die inzwischen schlaffe Haut. Nachdem sie sich über die Augen gerieben hatte, kehrten die Falten nur langsam an ihren ursprünglichen Platz zurück. Auf was für Ideen deine Großmutter kommt! Danach nannte sie sich selbst oft so. Die Frau mit dem Herzen aus Stein geht jetzt abwaschen, die Frau mit dem Herzen aus Stein bringt den Müll hinunter. Komm mal her, sagt Großmutter. Du kennst die Antwort bestimmt. Ich setze mich neben sie ans Ufer, achte darauf, dass meine Beine im Schatten des Sonnenschirms bleiben. Vorname des norwegischen Physikers Bjerknes. Denkst du, ich kenne norwegische Physiker?, frage ich. Hast du es nicht in der Schule gelernt? Nein.

Nach der Trauerfeier gab es eine Zusammenkunft bei meiner Tante. Sie hat sich den gesamten Weg über Sorgen gemacht, wie so viele Menschen in ihre Wohnung passen würden und ob sie genug zu essen für alle vorbereitet hatte. Fremde mit faltigen Ellenbogen kannten meinen Namen, wussten alles über mich, gratulierten mir, wie gut ich im Rückenschwimmen sei, sogar einen Wettkampf hätte ich gewonnen. Sie gingen auch zu meiner Mutter, küssten sie auf die Wange, mein herzliches Beileid, sagten sie, blieben aber nicht da, um sich mit ihr zu unterhalten. Es passten alle in die Wohnung, und die Hühnersuppe und das Schnitzel schmeckten genauso wie bei Oma Kati. Nachdem alle gegessen hatten, half Mutter ihr beim Spülen. Ich hörte, wie meine Tante weinte und ihr ein Teller aus der Hand fiel. Mutter sagte später, dass meine Tante so sehr mit all den Aufgaben und Vorbereitungen beschäftigt gewesen sei, dass, nachdem alles glatt gelaufen sei und sie sich keine Sorgen mehr habe machen müssen, die gesamte Trauer auf einmal über sie hereingebrochen sei.

Ein Jahr nach der Beerdigung nahm mich Mutter auf den Friedhof mit, ich war dieses eine Mal dort. Wir verliefen uns wieder und landeten auf der anderen Seite des Bereichs, wo die Asche verstreut wird. Wir gingen über Oma Kati und andere Tote, dabei hatten wir nur Blumen auf die Säule legen wollen, wo sie verstreut worden war, Blumen zu den anderen Blumen. Eine Frau sprach uns entrüstet darauf an, als wir über den Rasen zu der Säule gingen. Was denken Sie sich eigentlich dabei, über die Toten zu laufen! Ich schämte mich sehr.

Ich warf einen Blick in die Rinne, die um die Säule herum verlief, konnte darin aber nur Schlamm, Wasser und einige Blätter erkennen. Mutter tat so, als hätte sie die Frau nicht gehört, legte die Blumen auf die Säule, ergriff meine Hand und zog mich zum Gehweg.

Manchmal stelle ich mir mein Begräbnis vor. Wir sitzen am Seeufer, Großmutter spricht von ihrem Begräbnis, und ich denke an meines. Bevor ich sterbe, werde ich den anderen sagen, was ich möchte und was nicht. Ich möchte Musik, irgendeinen Song von Hidden Orchestra oder The Kills, das weiß ich noch nicht, danach sollen sich die Leute unterhalten, einen Leichenschmaus, wie man es nennt, soll es geben, gutes Essen, mein Name soll auf dem Grabstein stehen, auch wenn ich geheiratet haben sollte, dort soll mein eigener Name stehen, nicht seiner. Es soll keinen Priester geben, keine Trauerrede. Man soll lachen dürfen. Und auch weinen, niemand sollte dem anderen sagen, dass er nicht weinen oder nicht lachen dürfe. Der Sarg soll nicht geöffnet sein. Die Hinterbliebenen sollen nicht jedes Jahr an mein Grab kommen. Ich weiß, dass sie ein paar Fotos haben werden, die sie sich immer mal ansehen, dabei manchmal auch weinen, manchmal finden sie eines aus Versehen, dann wundern sie sich, wie lang meine Haare auf dem Bild sind, und legen es zurück an seinen Platz. Beim Mittagessen fällt ihnen ein Witz von mir ein, über den niemand gelacht hat und den ich trotzdem immer wiederholt habe. Sie werden sich an mein Lachen erinnern, daran, dass es ansteckend war. Jeder wird eine Lieblingsgeschichte haben, die manchmal auftauchen wird, wie ein Gegenstand, den wir in der Wohnung hin und her räumen, weil wir nicht wissen, wohin damit. Man wird über die guten Dinge sprechen, an die schlechten wird man sich nur erinnern. Man wird meine Abwesenheit spüren, doch sich zunehmend weniger daran erinnern, wie ich war, wie ich Kaffee getrunken habe, wer mich wie nannte, wie oft wir telefoniert haben. Manche werden versuchen, alles aufzuschreiben, alles, woran sie sich erinnern, doch es wird ihnen spät einfallen und sie werden spät damit anfangen, erst nach Jahren.

Ja, uns wird man hier verstreuen, unterbricht mich Großmutter. Sie hält mich davon ab, mir meinen Tod vorzustellen, ihren soll ich mir vorstellen, ihren Körper, wie er zu Staub wird und an der Oberfläche des Hármas-Sees schwebt. Es wird keinen Grabstein oder etwas Ähnliches geben, sagt sie und blickt dabei nicht einmal aus der Zeitung auf, aber wenn, würde ich meinen Mädchennamen darauf schreiben lassen. Oder einfach nur: Icus. Aber nein, ich brauche ja keinen Grabstein. Wozu auch? Großvater lässt den weißen Schwimmer nicht aus den Augen, Großmutter füllt die letzten Kästchen des Kreuzworträtsels aus. Der höchste Punkt in Europa. Sie liest den Text unter der Karikatur, lacht aber nicht. Dann blättert sie zum nächsten Kreuzworträtsel, eine halbe Seite voller weißer Kästchen. Sie trägt die Antworten ein, die aus nur einem Buchstaben bestehen.

Abkürzung für Ampere, Kfz-Kennzeichen Norwegen. Ich trinke einen Schluck Cola, Großvater hat einen Fisch am Haken. Ich beobachte die Angelrute. Es sieht so aus, als krümmte sich das Ende mehr als bisher, er zieht den Fang auch langsamer heraus, er ist schwer, vielleicht eine Rotfeder oder ein Barsch, ja, über einen Barsch würde er sich freuen. Er hebt ihn behutsam aus dem Wasser. Ein Katzenwels.

Cerasela

Sogar heute Morgen noch musste ich an den Film denken. An das Gesicht der Frau, ihre strenge Verzweiflung, die bedrückende Stimmung. Hallo, Anna, begrüßt mich ein Kollege vor dem Gebäude, in den Händen eine Zigarette. Ich winke ihm zu. Ich gehe durch den Haupteingang, denke darüber nach, was ich zu Cerasela sagen werde. It was great, das wäre zu wenig. Im Aufzug kommt mir der Gedanke, dass ich ja so tun könnte, als hätte er mir nicht gefallen. Als ich dann an meinem Schreibtisch sitze, finde ich keine der Ideen mehr gut. Ich schalte den Rechner an, er fährt langsam hoch, die Icons erscheinen nur allmählich auf dem Bildschirm. Heute stört es mich mehr als sonst, ich will ihr erzählen, dass ich den Film gesehen habe. Ich suche sie in der internen Kontaktliste, aber sie ist offline. Es ist sieben Minuten nach neun, sie hat sich noch nicht angemeldet, ist bestimmt zu spät, der Bus ist nicht gekommen. Dann fällt mir ein, dass es in Rumänien nicht sieben nach neun, sondern sieben nach zehn ist. Inzwischen acht nach zehn. Sie hat nicht gesagt, dass sie in Urlaub fahren würde. Vielleicht ist sie krank, oder es ist etwas mit ihrem Sohn. Radu ist oft krank, letztens hatte er Bauchschmerzen. Er hat immer Bauchschmerzen, wenn er nicht in die Schule gehen will. Dann arbeitet Cerasela von zu Hause aus. Sie ist sehr gewissenhaft, ändert im Chat ihren Standort, neben ihrem Namen steht dann nicht Business Park, Building A, Bucureşti, sondern Working from home. Ich denke, dass wohl eher sie erkrankt ist und sich auch von zu Hause nicht anmeldet, vielleicht hat sie sogar Fieber. Sie hat einmal erzählt, dass es ihr bei Fieber immer sehr schlecht geht und sie sich ins Bett legen muss, sobald sie auch nur ein bisschen erhöhte Temperatur hat.

Ich öffne die Chat History, sie hat wirklich nichts erwähnt. Ich scrolle nach oben, vorgestern waren sie im Kino, Radu hat an der Kasse das Popcorn ausgekippt. Die Mitarbeiter haben ihm kostenlos eine zweite Portion gegeben. It happened to me as well once, habe ich geantwortet und erzählt, wie ich, obwohl ich im Kinosaal auf den leuchtenden Rand der Treppenstufen geachtet, einen falschen Schritt gemacht und das Popcorn auf die Treppe gekippt hatte. Ich trinke den letzten Schluck Kaffee und gehe in die Küche. Seit die Kaffeemaschine weggebracht wurde, trinke ich 3 in 1. Einige Kollegen trinken den Kaffee von unten, aber der hat einen komischen Nebengeschmack. Ich bin noch nicht dahintergekommen, wovon das kommt oder woran es mich erinnert. Ich spüle meinen Becher aus, fülle ihn mit Wasser und gehe zurück an meinen Platz.

Cerasela und ich haben uns vor ein paar Monaten angefreundet, als wir bei einem internationalen Projekt wochenlang zusammengearbeitet haben. Jeden Morgen habe ich als Erstes die E-Mails, die mit dieser Arbeit zu tun hatten, mit einer kleinen roten Fahne markiert. Danach habe ich eine nach der anderen beantwortet oder die Frage weitergeleitet. Cerasela ist meine rumänische Kontaktperson, sie ist für die internationalen Angelegenheiten zuständig. Wir hatten schon zuvor zusammengearbeitet, doch diesmal waren wir in täglichem Austausch. Ein riesiges Projekt, mit mehreren hundert HP-Geräten, wir mussten für alle Preisangebote von einem lokalen Businesspartner einholen. Wir haben oft darüber gelacht, wie viel einfacher doch alles wäre, wenn auch ich mit Third parties sprechen dürfte, doch es ist vorgeschrieben, dass ich nur innerhalb der Firma kommunizieren darf. Cerasela musste die Postbotin zwischen mir und dem Businesspartner spielen. Ich darf keine Namen sagen, das ist auch vorgeschrieben. Ich darf zum Beispiel nicht auf der Straße den Namen eines Geschäftspartners aussprechen.

Anfangs haben wir uns während der Arbeit das Übliche geschrieben. How are you, I'm fine, have a lovely weekend, same to you und so weiter. Später haben wir uns schon erzählt, wenn wir müde waren, wenn wir eine Kaffeepause brauchten, ob wir in der Nacht zuvor gut geschlafen hätten, wenn wir einen Film gesehen oder ein Buch gelesen haben. Sie hat mir *Child's Pose* und *Graduation* empfohlen. *Graduation* habe ich mir vor ein paar Wochen angesehen. Ich habe ihn gemocht. Ich kann mir nicht vorstellen, wie Mutterliebe ist, habe ich danach Cerasela geschrieben. Sie antwortete, dass sie es sich auch nicht habe vorstellen können, das könne man einfach nicht. Ich habe ihr *On Body and Soul* empfohlen. Sie hat ihn gemocht. Sie hatte als Kind im Zoo von Klausenburg einen Hirsch gesehen. Damals hatte sie dort gewohnt, bis sie vierzehn wurde. Lange danach noch hatte sie gesagt, wir fahren »nach Hause« als sie die Großmutter in Klausenburg besuchten. Im Zoo hatte der Hirsch weit vom Zaun entfernt gestanden, dabei hätte sie ihm gern den Rücken gestreichelt. Sie stellte sich sein Fell seidig vor, stark und doch seidig.

Ich melde mich bei Facebook an und schreibe ihren Namen in die Suchleiste. Ich weiß, dass das sinnlos ist, trotzdem versuche ich es immer mal wieder. Ich finde sie nicht. Sie hat einmal gesagt, es gebe zwei verschiedene Arten von Menschen: die bei Facebook sind und die es nicht sind. Sie nutze es aus Trotz nicht, weil alle anderen es nutzten. Darüber musste sie selbst lachen, wollte sich aber nicht registrieren, obwohl ich versucht habe, sie zu überreden. Ich lege mir meinen Schal über den Rücken, die Klimaanlage bläst mir kalte Luft entgegen.

Wir schicken uns über den Chat gegenseitig Fotos. Sie vor allem von ihrem Sohn, Radu am Roşu-See, Radu vor dem Godeanu-Gebirge, Radu isst Eis. Von ihrem Mann spricht sie nie, und ich frage nicht nach. Ich zeige ihr vor allem Bilder von Familienurlauben.

Ich fahre oft mit meiner Mutter und meinem Vater nach Bibione, ich schicke ihr Küsten- und Strandbilder. Cerasela liebt das Meer, sie bittet mich immer, weitere zu schicken. Sie war noch nie an der Adria. Auf einem der Bilder sitzen wir zu dritt auf einem Boot. Sie meint, dass ich meinem Vater sehr ähnlich sehe. Das sagen viele, manchmal auch vor Mutter, die dann beleidigt ist.

Hinter mir unterhält sich ein Kollege mit einem Inder. Er hat das Telefon so laut gestellt, dass sogar ich die Stimme des Mannes höre. Er spricht so schnell, dass man ihn nur schwer verstehen kann. Die Inder versteht man am schwersten. Ich weiß nicht, was für eine Stimme Cerasela hat. Ob sie ein schönes Englisch spricht oder einen starken Akzent hat. Ich weiß nicht, was für einen Akzent Rumänen haben, und Cerasela telefoniert nicht gern. Mir wurde gesagt, dass ich eine sehr gute Aussprache habe, die Wörter schön forme. Aus irgendeinem Grund fällt mir Englisch leichter. Manchmal fällt mir auf, dass ich auf Englisch darüber nachdenke, was ich einkaufen muss, oder manche Gedanken in meinem Kopf auf Englisch formuliere, und es kommt auch vor, dass ich zu meinen Eltern einen Satz auf Englisch sage. Dann sehen sie mich etwas länger an, mir fällt es auf und ich wiederhole den Satz auf Ungarisch. Letzte Woche habe ich mit Alexej gesprochen. Die Russen telefonieren gern, sprechen meinen Namen als Anja aus. Die Briten sagen Ana. Cerasela hat mir von

Anfang an einen Kosenamen gegeben. Ani, sagt sie. Zuerst war das für mich seltsam, außer meinen Eltern und meiner Freundin Adél nennt mich niemand bei einem Kosenamen, dabei mag ich es. Die Menschen haben Angst davor, einander Kosenamen zu geben.

Ich gehe in die Kantine Mittag essen, als Tagesangebot gibt es heute Blumenkohlsuppe und mit Paprikahuhn gefüllte Palatschinken. Ich lasse es einpacken, nehme es mit hinauf zu uns in die dritte Etage. Es ist 11:45, um die Uhrzeit ist noch niemand in der Küche. Ich mag die Ruhe vor der Mittagspause. Man hört die Leute auf dem Gang kommen und gehen, aber in der Küche herrscht Stille, nur der Kühlschrank summt leise. Ich setze mich an den Tisch am Rand, ich sitze immer hier. Ein paar Minuten später kommen zwei Kollegen. Sonst essen sie nicht so zeitig, aber sie sagen, dass sie ab halb eins ein Meeting haben. Sie fragen, ob sie sich zu mir setzen dürfen. Ich nicke und rutsche ein wenig beiseite. Einer von beiden setzt sich mir gegenüber, der andere neben mich. Es gelingt ihm nicht, den Behälter mit der Suppe zu öffnen, durch die Hitze lässt sich der Deckel nur schwer lösen. Seine Nägel sind zu kurz, um darunter zu fassen. Ich müsste ihn fragen, ob ich ihm helfen kann, ich würde es sofort aufbekommen. Ich frage nicht. Es dauert mehrere Minuten, bis er es schafft, bis dahin hat der andere Kollege schon die Hälfte des Schnitzels gegessen. Sie unterhalten sich über die Mondfinsternis am Abend. Einer der beiden sagt, es werde bestimmt bewölkt sein, so wie jetzt, dabei deutet er nach draußen. Der andere meint, bis zum Abend werde der Himmel aufklaren, und schimpft darüber, dass gestern jemand seinen Joghurt aus dem Kühlschrank gegessen habe. Wir überlegen uns gemeinsam, was er auf den gelben kleinen Zettel schreiben soll, den er an die Kühlschranktür kleben will. Sch-sch-schreib, Dear Amigo, sage ich. Mein Kollege nickt und schreibt: Dear Amigo. Er fragt mich, von wo aus ich mir die Mondfinsternis ansehen werde. I-i-ich weiß noch nicht. U-u-und ihr? Er wartet geduldig ab, bis ich es ausspreche, und antwortet dann: Aus dem Garten der Philosophen. Ich denke an Cerasela, vielleicht ist sie ja inzwischen erreichbar. Ha-ha-habt noch einen sch-sch-schönen Tag, sage ich, stehe auf und stelle den Teller in die Spülmaschine. Ich fülle meinen Becher mit Wasser auf und gehe zurück an meinen Platz. Mein Bildschirmschoner hat sich eingeschaltet, bunte Blasen schweben aus einer Ecke in die andere. Ich bewege die Maus, melde mich an. Cerasela ist immer noch offline.

Ich suche Liviu, der sie sonst immer vertritt. Hi Liviu, how are you? Es vergehen ein paar Minuten, bis er antwortet. Hey Anna, schreibt er. Do you know if Cerasela will be available today? No, she will not. Yesterday was her last day. Ich frage nach, ob es ihr letzter Tag vor dem Urlaub war. No, sagt er und erzählt, dass es ihr letzter Arbeitstag war, weil sie nach Klausenburg umgezogen sei. Thank you for the info, schreibe ich und schließe den Chat. In dem rumänischen Film *Child's Pose* versucht eine Mutter alles, damit ihr Sohn nicht ins Gefängnis kommt, nachdem er ein Kind überfahren hat. Ich schreibe Cerasela in einer E-Mail, dass ich mir nun vorstellen kann, wie es wohl ist, Mutter zu sein. Sofort erhalte ich eine Fehlermeldung. User profile is inactive. Das Chatfenster blinkt, es ist Liviu, der mich darum bittet, alle Anfragen ab jetzt an ihn zu schicken. Ok, sure, antworte ich und verabschiede mich. La revedere.

Vierzig von vierzig

Großvater spielte als Verteidiger, mein Vater auch, aber er ist nicht Großvaters Sohn. Der hat nur Töchter, die sich nicht für Fußball interessierten, die eine spielte Handball, die andere Basketball. Als Mutter meinen Vater kennenlernte, hatte Großvater nichts an ihm auszusetzen, im Gegenteil, er war überglücklich, als sich herausstellte, dass Vater auch Fradi-Fan war und in der Rojik-Mannschaft spielte. Rojik sei der Name des Fußballfeldes, wird er seinem Schwiegervater erklärt haben, dem wohl fast die Tränen in die Augen traten, als er diese Wörter hörte: Fußball, Spielfeld, Verteidiger. Dass die anderen ihn Schnecke nannten, sagte Vater ihm nicht.

Wenn Großvater sein Leben erzählen müsste, würde er damit beginnen, dass er 1928 geboren wurde, und als Nächstes würde er sagen, dass er 1946 dem Verein Törekvés beigetreten sei. Er war Drechsler, fing bei der Ungarischen Staatsbahn an zu arbeiten, wo ihm anfangs nur ein paar, später vierzig Frauen zuarbeiteten, was Großvater nicht zählte, nur Großmutter. Genauer gesagt zweiundvierzig, die Zeit gab es auch, als zweiundvierzig unter ihm arbeiteten, samt Strumpfhose, Lackschuhen, dauergewellten Haaren und allem Drum und

Dran. Großvater ging zur Staatsbahn (zu den Frauen!, würde seine Frau sagen) und ging zu seiner Mannschaft im Verein, vierzig Jahre lang ging er zu ihnen, zog in der Umkleide Hose und Trikot an, auch die Sportschuhe, wobei die bestimmt nicht so ausgesehen haben wie die, die er jetzt trägt, das sind fast schon eher Puschen, in denen könnte man kein Fußball spielen. Ich kann mir nicht vorstellen, was für Schuhe ein Fußballspieler im Jahr 1954 trug, der bei Törekvés spielte. Wenn er von dem Verein spricht, erwähnt er nie die Schuhe und die Kleidung, deshalb weiß ich nicht, in was für einem Trikot sie gespielt haben. Ich könnte ihn fragen, aber in letzter Zeit erinnert er sich nicht einmal mehr daran, wo der Laden ist, in dem er seit fünfzig Jahren Brot kauft, und ich will ihn nicht in Verlegenheit bringen. Wenn ich Großmutter über den Verein frage, spricht sie immer von den mindestens vierzig, höchstens zweiundvierzig Frauen und erzählt mir nie, wie das Feld ausgesehen hat, wie oft in der Woche und an welchen Tagen Großvater beim Training war. Das nehme ich ihr ein bisschen übel, weil ich mir die Szene so nicht richtig vorstellen kann. Großvater spaziert mit den roten, blauen oder grünen, vielleicht auch gestreiften Trainingssachen und den Fußballschuhen, die ich mir mangels weiterer Informationen einfach wie Adidas-Sportschuhe vorstelle, im Rucksack, durch das Tor des Vereins, das so breit ist, dass sogar ein Auto durchfahren könnte. Er kommt als Erster an, weil er wahrscheinlich schon damals nicht gern zu spät kam, schaltet in der Umkleide das Licht an, und als die anderen eintreffen, geht er bereits angezogen aufs Feld, hilft dem Trainer, die Bälle auszupacken und die Netze für die Tore zu holen. Sie spielen zwei oder eher drei Stunden, gehen danach verschwitzt, außer Atem zurück in die Umkleide, duschen sich und gehen ins Patak oder ins Csöpögő, eine der beiden nur wenige Straßen entfernt gelegenen Kneipen.

Die Ehefrau wartet im Bett wach auf ihren Mann, in einem bodenlangen Nachthemd, bis zum Hals zugeknöpft, sie schläft seit fünfzig Jahren in denselben beiden Nachthemden. Die Kinder sind immer noch wach, sie haben auf dich gewartet, sagt sie, und schiebt die beiden müden Mädchen, die aussehen, als hätte sie sie gerade aus dem Bett gezerrt, Großvater entgegen. Es ist schon nach elf Uhr, als sie sich schlafen legen, Großmutter dreht sich zur Wand und tut so, als würde sie rasch vom Schlaf übermannt, und tritt Großvater dabei sanft unter der Decke, so, als machte sie es unbewusst, im Traum.

Großvater ist sechsundachtzig Jahre alt, aber in letzter Zeit sagt er manchmal, ohne sein charakteristisches Lächeln in den Mundwinkeln, er sei schon über hundert, die grauen Haare wäscht er einmal in der Woche mit Seife, von der Großmutter vor Jahren einen großen Vorrat gekauft hat. Er hat kaum Falten im Gesicht, die vom Hármas-See reflektierten Sonnenstrahlen haben die Linie, wo die Turnschuhe enden, vor Jahren in seine

Haut eingebrannt, sie wird nicht einmal im Winter hell, Großvater ist nahezu schwarz. Auf den alten Bildern sieht er wie ein Filmstar aus, Großvätern stehen alte Bilder gut. Großmutter auch, auf dem Hochzeitsfoto sieht sie aus wie die Puppe, die ich mit sieben zum Geburtstag bekommen habe, sie erlaubt mir nicht, sie zu verschenken, was aber ohnehin nicht mehr möglich wäre, ihre blonden Haare sind inzwischen ganz grau. Sie hat die Puppe auf den kleinen Tisch neben dem Fernseher gesetzt, und niemand darf sie anfassen. Sie betrachtet die Welt mit ihren großen blauen Augen. Sie betrachtet sie so intensiv, dass sie kaum blinzelt, nur wenn sie sich hinlegt, schließt sie die Augen, damit sie so tun kann, als würde sie schlafen und dabei sanft ihren Mann treten.

Großmutter versinkt in ihren Erinnerungen, erzählt, wie sie sich kennengelernt haben. Manchmal hält sie inne, wendet sich an ihren Mann und fragt, stimmt's, mein Guter? So war es doch, oder? Großvater sieht sie nicht einmal an. Er nimmt unsere Stimmen wohl als ein Rauschen wahr, als ein Raunen, doch kann er sie nicht unterscheiden, sie sind eine einzige Masse von Tönen. Das Hörgerät will er nicht benutzen. Großmutter sieht er nicht an, von den Lippen zu lesen wird er nun auch nicht mehr lernen.

Sie haben sich bei einem Straßenfest kennengelernt, das Großmutter mit ihrer Mutter und einer der jüngeren Schwestern besucht hatte, und Großvater traute sich nicht, sie anzusprechen. Und dann nahm er doch all seinen Mut zusammen. Es war bereits gegen Ende des Festes, die Gäste brachen allmählich auf. Er wusste, das war seine einzige Chance, wer weiß, ob sie sich sonst je wiedersehen würden. Großmutter war nicht schön, aber stark. Großvater dachte, dass diese Frau mit ihren Armen sein Leben zusammenhalten könnte. Sie war beliebt bei den Männern, an dem Abend hatte sie mit mehreren getanzt. Großvater war schon damals auf jeden Mann eifersüchtig gewesen, der sie zum Tanz aufforderte. Als er schließlich zu ihr ging, schickte ihre Mutter ihn weg, wer zu spät kommt, den bestraft das Leben, sagte sie, und sie machten sich auf den Heimweg. Monate später, beim nächsten Straßenfest trafen sie sich wieder. Diesmal war Großmutter nur in Begleitung ihrer Mutter, und sobald Großvater sie entdeckte, ging er zu ihnen und forderte sie zum Tanz auf. Er sagte zu ihr, wenn sie Ja sagen würde, dann wäre es nicht nur zu dem einen Tanz, sondern zu allen Tänzen dieses Abends. Großmutter hakte sich bei ihm unter.

Sie war erst siebzehn Jahre alt, deshalb benötigten sie die Erlaubnis ihrer Eltern, um zu heiraten. Meine Urgroßmutter mochte Großvater bald sehr gern, also brauchten sie sie nicht lange zu überreden. Den Vater konnten sie nicht fragen, er war nicht auffindbar. Er kam und ging nach Lust und Laune. Manchmal tauchte er auf, kroch wieder in das Bett meiner Urgroßmutter und machte ihr noch ein weiteres Kind. Später ließ sie stets eines der Kinder zwischen ihnen schlafen, damit er es nicht einmal probieren konnte. Um mehr als sechs Kinder könne sie sich nicht kümmern, und die Zwillinge hatte sie so schon verloren. Schließlich besuchte er sie nicht mehr, erst Jahre später kam erneut ein Brief von ihm, in dem er Urgroßmutter anflehte, ihn wieder bei sich aufzunehmen. Zu dem Zeitpunkt hatten Großmutter und Großvater schon geheiratet, und ihre Töchter waren geboren worden. Urgroßmutter kam gar nicht auf die Idee, ihn wieder in der Familie aufzunehmen oder auch nur auf seinen Brief zu antworten. Als ihre Kinder sie überzeugt hatten, lebte ihr Mann nicht mehr. Sie hatten einander verpasst. Mein Großvater musste bereits am Tag nach seiner Hochzeit zum Wehrdienst, sie haben die Ehe nicht vollzogen, sagte Großmutter, weil sie so viel getrunken hatten, dass sie aufeinander liegend eingeschlafen waren. Also blieb sie als verheiratete Frau noch zwei Jahre lang Jungfrau, denn Großvater bekam nie Urlaub, sein Vorgesetzter hasste ihn. Großmutter war der Meinung, er habe sich in sie verguckt, als sie Großvater in der Kaserne besucht habe. Zumindest sagte sie das.

Die Mädchen waren schon Jugendliche, als er allmählich immer später heimkam. Zu Hause sagte er, er habe mehr Training und müsse daran teilnehmen, da sie sich auf ein großes Spiel vorbereiteten. Großmutter besuchte die Spiele schon lange nicht mehr, als die Mädchen noch klein waren, war sie manchmal mit ihnen dabei gewesen, doch seit fünf oder sechs Jahren saß sie nicht mehr am Rand des Spielfelds, in der ersten Reihe, nahm auf dem Heimweg nicht mehr Großvaters Hand und sagte ihm nicht, du hast heute sehr schön verteidigt. Er kam schon seit drei Monaten nicht pünktlich nach Hause, aber das große Spiel fand immer noch nicht statt. Großmutter ging eines Tages, sie sagt, es müsse ein Donnerstag gewesen sein, denn freitags gab es keine Sprechzeiten, folglich muss es ein Donnerstag gewesen sein, da herrschte in der Behörde stets Chaos, sie ging also zum Spielfeld des Vereins in Kőbánya, um sich das Training anzusehen. Sie spazierte durch das Tor, das so breit war, dass sogar ein Auto leicht hätte durchfahren können, die Schlacke der Aschenbahn blieb ein wenig an ihren Schuhen haften, den ganzen Tag zuvor hatte es geregnet. Sie wollte ein Taschentuch hervorholen, um es abzuwischen, doch dann überraschten sie die Stimmen. Die Abwesenheit der Stimmen. Sie stand am Rand der Bahn und sah kein Netz am Tor, sah die Mannschaft nicht und auch Großvater sah sie nicht. Wie war das Training?, fragte sie ihn, als er um zehn nach Hause kam, gerade zusammen mit seinen beiden Töchtern, die um diese Uhrzeit zu Hause sein mussten. Es war gut, das Übliche, wir haben uns zu Tode gerannt, antwortete er. War das Feld nicht zu schlammig? Nein, also vielleicht ein bisschen. Gib deine Schuhe her, ich putze sie, sagte Großmutter, aber Großvater winkte nur ab, lass nur, ich mache das schon. Er stellte den Rucksack im Flur ab und ging auf Toilette. Seine Frau ging zu dem Rucksack, öffnete ihn und zog die Schuhe heraus. Sie waren sauber, es klebte weder frischer noch trockener Schlamm daran.

Ein paar Tage später ging Großmutter wieder zum Spielfeld, blieb am Rand stehen, betrachtete das Netz, die Trikots, Isti, Pőre und Vajda, aber ihren Mann sah sie nicht. Sie setzte sich in die zweite Reihe, stützte sich mit den Armen auf der Lehne des Sitzes vor ihr ab. Vielleicht kommt er zu spät, dachte sie, er musste bestimmt länger arbeiten, das kommt vor, eine der mindestens vierzig, aber höchstens zweiundvierzig Frauen hält ihn auf, stellt ihm blöde Fragen, schiebt dabei ihre Hüfte nach vorn und berührt ganz aus Versehen den Arm ihres Mannes. Es lief ihr kalt den Rücken hinunter, die Lehne war kühl und feucht, sie drückte den Arm so stark dagegen, dass an den Ellbogen jeweils eine lila Delle entstand, die noch am nächsten und übernächsten Tag zu sehen war. Vajda winkte ihr am Ende des Spiels zu und rannte zu ihr. Was suchst du denn hier?, fragte er. Und wann geht es deinem Mann endlich mal wieder besser? Wir haben ihn seit Monaten nicht gesehen. Ich, ich wollte nur ein bisschen frische Luft schnappen, ich dachte mir, ich komme her und sehe euch zu, sagte Großmutter und errötete bis in die Haarwurzeln, über den Hals bis zur Brust. Danach versuchte Vajda sie über Monate immer wieder anzurufen.

An diesem Abend war Großmutter so wütend, dass

sie die Mädchen in ihr Zimmer schickte und ihnen sagte, dass sie zeitig ins Bett gehen müssten, ihr sei es egal, was sie machten, aber sie sollten es im Bett machen, denn sie werde mit ihrem Vater sprechen. Die Mädchen erschraken, und als Großvater heimkam, lauschten sie an der Wand. Ich weiß nicht, wie das Gespräch verlief, das erzählt Großmutter nie, diesen Teil überspringt sie immer. Nachdem sie Großvater heftig beschimpft hatte und auf jeden Fall wissen wollte, welcher Flacharsch es gewesen sei, welche von den vierzig oder zweiundvierzig Frauen, antwortete Großvater, dass sie alles missverstehe, er besuche nämlich schon seit Monaten seine Mutter, der es nicht gut gehe und wegen der er sogar den Fußball ausfallen lasse. Er habe es ihr nicht gesagt, weil er nicht wollte, dass sie sich Sorgen mache, sie habe ja so schon genug um die Ohren, aber seiner Mutter gehe es nicht gut, sie sei depressiv und sogar schon beim Allgemeinarzt in Behandlung. Sie habe ihn gebeten, dass Großmutter sie nicht besuchen komme, da sie allein sein wolle und nur seine Anwesenheit ertrage. Sie solle ruhig seinen Bruder fragen, ihn wolle sie auch nicht sehen. Außerdem schäme sie sich, weil ja eigentlich nichts Schlimmes passiert sei, sie aber doch alles als schlimm empfinde, so sei sie ja nie gewesen. Darauf erwiderte Großmutter nichts, legte sich nur ins Bett, neben ihren Mann, konnte aber die ganze Nacht nicht schlafen. Seinen Bruder würde sie sowieso nicht fragen, wann er das letzte Mal bei der Mutter gewesen war, sie hatten schon seit einer Ewigkeit keinen Kontakt mehr.

Am nächsten Tag kam sie eher von der Arbeit, erreichte den Bus, der um zwei Uhr fuhr, stand anderthalb Stunden später bereits vor der blauen Tür ihrer Schwiegermutter und traute sich nicht zu klopfen. Sie hielt einen warmen Hefezopf namens Liebeszopf in der Hand, das stand auf der Quittung, Liebeszopf, in dem Teig war etwas Zitrone, wodurch er so schmeckte, als wäre Quark darin, ihre Schwiegermutter mochte ihn sehr. Er war noch warm gewesen, als er verpackt wurde, sie betrachtete die Feuchtigkeit an der Innenwand der Tüte, öffnete sie, damit der Dampf entweichen konnte. Sie klopfte, die Schwiegermutter öffnete die Tür, sie war ganz rot vom Backen, in der Luft lag der Duft von Blätterteig. Seitdem kann ich keinen Blätterteig essen, sagt sie, wenn sie an diesem Punkt der Geschichte ankommt. Sie stand in der Tür, ihre Schwiegermutter bat sie herein, nahm den Hefezopf entgegen, steckte die Nase in die Tüte, atmete den Duft ein und sagte, wie gut er rieche und dass er ja noch ganz warm sei. Sie nahm ihn aus der Tüte und bot ihr einen Platz an. Ich backe gerade Aprikosen- und Quarktaschen, ich gehe heute Abend in den Klub und diese Woche bringe ich das Gebäck mit. Es ist doch alles in Ordnung, oder?, fragte sie Großmutter, deren blasses Gesicht ihr erst jetzt aufgefallen war. Was ist passiert?, fragte sie. Hat Laci dich besucht? Laci? Nein. Lass mich mal überlegen, wann er das letzte Mal hier war. Als ihr zu Ostern hier wart und den schönen großen Schinken mitgenommen habt. Seitdem habe ich ihn nicht gesehen.

Wenn Großmutter bei dieser Stelle ankommt, ist Großvater schon vollkommen mit dem grünen Sessel verschmolzen, alles an ihm ist grün, Haut, Haare, Nägel. Ein andermal, wenn Großmutter die Geschichte zum Beispiel am See erzählt, wird er schmutzig grün wie das Wasser, er bemüht sich, so unsichtbar wie möglich zu werden, im Schilf zu verschwinden. Ich habe nie erfahren, welche von den vierzig es war, sagt Großmutter abschließend, und dadurch ist es so, als hätte er mit allen vierzig von vierzig oder zweiundvierzig Frauen geschlafen, samt Strumpfhose, dauergewelltem Haar und Lippenstift. Sie habe einen wiederkehrenden Traum. Sie steht nackt in der Mitte des Spielfeldes, hat keine Arme, mit denen sie sich bedecken könnte, alle starren sie an, Großvater aus der ersten Reihe, Vajda aus der zweiten, ihre Töchter, Freundinnen von der Arbeit und ihr Chef sitzen verstreut auf der Tribüne und ihre Schwiegermutter ist die Trainerin, die zu ihr rennt und sagt, Mensch, Mädchen, zieh dir doch mal was an, und bläst in die Pfeife, die um ihren Hals hängt. Nach diesem Traum hat sie morgens immer das Gefühl, als hätte ihr jemand stundenlang ins Ohr gepfiffen.

Zu kühl für diese Jahreszeit

Er streichelte mein Gesicht. Er lag oben, sein Schwanz war in mir, dabei streichelte er mein Gesicht. Auf und ab, auf und ab, auf und ab. Wie wenn mich ein Fremder umarmt und mir über den Rücken streicht. Er wusste nicht, was er mit seinen Händen anfangen sollte. Wusste nicht, was ich gerne gehabt hätte. Er sollte nicht mein Gesicht streicheln, mir lieber an den Arsch greifen. Er mag es, wenn ich meine Nägel in seinen Rücken drücke, es soll schmerzen, ja, sogar bluten. Stärker, sagte er, noch stärker. Ich kannte seinen Körper noch nicht so gut und befürchtete, ein Muttermal aufzukratzen. Ich sollte meine Fingernägel wachsen lassen, damit der Schmerz stärker wurde.

Ich trete in einen meiner abgeschnittenen Nägel. Er sticht mir in den Fuß, ich hebe ihn auf, er ist von meinem Zeige- oder Mittelfinger. Ich werfe ihn in den Müll. Nachdem ich etwas weggeworfen habe, muss ich Hände waschen. Die Haut an meiner Hand ist ganz spröde, ich müsste eine andere Seife verwenden. Vielleicht Flüssigseife, aber danach habe ich immer das Gefühl, dass meine Hand nicht richtig sauber ist. Ich putze die Zähne, stelle die Zahnbürste zurück zu der anderen. Ich brauche eine neue, diese benutze ich schon seit vier Monaten.

Man soll sie angeblich alle drei Monate wechseln. Diese habe ich seit April, das sind dann schon fast fünf. Lukács und ich sind losgezogen und haben die grüne und blaue Zahnbürste gekauft. Extra weich, sagte er, das ist gut, damit kann man ordentlich Zähne putzen, es ist, als würde man gleichzeitig Zahnseide benutzen. Wir standen in der Bushaltestelle, warteten auf den Bus, ich bibberte. Für April war es sehr kühl, und ich hatte nur eine dünne Frühlingsjacke an, er einen Pullover. Wie kannst du so frieren?, fragte er und rieb mir die Arme, du musst dir selbst sagen, dass du nicht frieren willst. Ich ziehe immer eine Lage weniger an, man muss sich an die Kälte gewöhnen. Solche Sachen sagte er, rieb mir dabei die Arme und hauchte mir manchmal in den Nacken. Dabei wurde es mir am ganzen Körper warm.

Ich müsste waschen. Ich suche im Schrank nach einem normalen T-Shirt, finde aber keines. Es muss nichts Besonderes sein, nur ein einfaches, sauberes T-Shirt, ich gehe ja nicht weit, bin bald wieder da. Ich finde doch eines, bei dem hat mich Lukács gefragt, warum ich es nicht als Schlafshirt benutze. Es sieht aus, als hätte es sich geweitet, dabei ist es nur oversize. Es ist extra so, habe ich ihm erklärt. Das ist egal, es sieht trotzdem aus, als hätte es sich geweitet. Ich lege es zurück in den Schrank, ziehe das Shirt von gestern an, das ist gut, ich schnüffle an mir, rieche nur mein Deo. Ich brauche einen Mantel, der Wind weht.

Der Luftzug ist so stark, dass er die Tür beinahe

zuschlägt. Ich befürchte, dass von dem Gerüttel die Klinke abfallen könnte. Ich werfe fast die Blumen der Nachbarin um, sie stehen in einer Reihe neben meinem Eingang. Es sind so viele Blumentöpfe, dass sogar auf meinem Fußabtreter Geranien stehen. In ein paar Wochen wird sie sie in die Wohnung bringen. Nur ich weiß, dass die Blumen, die sie jetzt auf ihrem Balkon hat, nicht echt sind. Sie werden den gesamten Winter über genauso grün, rot und rosa aussehen. Mein Balkon ist leer. Lukács hat mir Petunien und Begonien mitgebracht, damit ich sie auf den Balkon stelle, es würde hübsch aussehen. Ich habe vergessen, sie zu gießen, sie sind vertrocknet, vor zwei Wochen habe ich beide samt Blumentopf weggeworfen.

Ich gehe einen Umweg in Richtung Park. Ich setze mich auf eine Bank, die Bänke und der Zaun wurden vor Kurzem ausgetauscht, es hat noch niemand seinen Namen in die Lehne geritzt. Auf dem Spielplatz wippt eine Mutter mit ihrem Sohn. Es sind keine anderen Kinder da, keine anderen Eltern. Ich bin allein, habe kein Kind mitgebracht. Wenn ich eines mitgebracht hätte, könnte es am anderen Ende der Wippe sitzen, und dann müsste die Mutter den Sitz nicht mit dem Knie hinunterdrücken. Lukács und ich hätten ein schönes Kind, es würde seine blauen Augen erben und meine Nase und auch Schwierigkeiten haben, das R zu rollen. Ich will gar kein Kind. Lukács taucht am Eingang des Parks auf. Er ist mit dem Fahrrad unterwegs, bleibt neben mir stehen, na du, sagt er. Er kommt gar nicht vom Haupteingang, sondern von einem der hinteren Eingänge, ich bemerke ihn erst, als er bereits neben mir steht. Na du. Er kommt gar nicht vom hinteren Eingang, eigentlich kommt er gar nicht herein, fährt nur am Park vorbei und sieht gar nicht her, sieht nicht, dass ich hier bin. Dass ich auf der Bank sitze, es Herbst ist, meine Nase läuft und ich kein Taschentuch dabeihabe. Ich stehe trotzdem nicht auf, denn was ist, wenn. Er wohnt zwei Straßen weiter. Ich muss mir überlegen, was ich sage, falls er mich hier sieht. Ich sage, ich habe eine Verabredung. Nein, ich sage, ich treffe mich mit einer Freundin, mit welcher, na, mit Kata, sie wohnt hier in der Nähe. Sie ist eine neue Freundin, deshalb kennst du sie nicht.

Die Drogerie ist nicht weit vom Park. Ich gehe hinein, es ist niemand an der Kasse, jetzt könnte ich einen Regenschirm mitnehmen, aber der Wind würde ihn mir sowieso aus der Hand reißen. Ich nehme mir einen Korb und gehe zu den Zahnpflegeprodukten. Die waren letztens noch hier und jetzt stehen hier die Körperlotionen, ich rieche an einigen. Ich suche die Zahnbürsten, finde dabei die Seifen und Deos. Die Männerdeos stehen auch hier, gegenüber von denen für Frauen. Ich rieche an einem, das nach Meer duften soll, aber es duftet nicht nach Meer, sondern nach Lukács. Meeresduft ist anders, vom Meer bekomme ich salzige Lippen und meine Haut riecht dann leicht nach Schlamm und Fisch. So ist das Meereswasser: salzig, schlammig und fischig.

Lukács duftet anders, so wie dieses Deo. Während ich die Zahnbürsten suche, gehe ich mehrmals an den Männerdeos vorbei, rieche noch einmal das Meer. Ich weiß nicht, ob ich die Zahnbürsten deshalb nicht finde, weil man sie versteckt hat, es in dieser Drogerie keine Zahnbürsten gibt oder ob ich sie absichtlich nicht finde, um an dem Deo riechen zu können. Es dauert bestimmt eine halbe Stunde, bis ich sie finde. Ich suche nach der extra weichen Zahnbürste, sehe aber keine. Ich brauche aber die extra weiche. Kann ich Ihnen helfen?, fragt die Verkäuferin. Eine junge Frau um die zwanzig mit schulterlangem blonden Haar. Neun von zehn Leuten würden sie als schön bezeichnen. Und der Zehnte auch nur deshalb nicht, um den anderen zu widersprechen, wobei er sie auch für schön, höchstens für ein bisschen langweilig halten würde. Lukács würde sie bestimmt auch gefallen, wenn er sie auf der Straße sehen würde, würde er sich nach ihr umdrehen. Er wohnt in der Nähe, sie könnten sich leicht kennenlernen. Er will sich eine Zahnbürste kaufen, findet sie nicht und fragt sie. Sie zeigt es ihm, sie lächeln sich an. Ich suche eine Zahnbürste, sage ich zu ihr. Aber keine wie die hier, die, die ich suche, ist extra weich. Sie hat eine schwarze Verpackung. Ach so, sagt sie, beugt sich und nimmt aus der untersten Reihe meine extra weiche Zahnbürste.

Es fährt ein blaues Fahrrad an mir vorbei, das ist bestimmt er. Ich stehe an der Bushaltestelle, wegen Bauarbeiten wurde das Schild um sechzig Meter versetzt.

Bisher war mir gar nicht aufgefallen, wie viele Radfahrer es in der Stadt gibt. Die Busse sind ihnen auf den Fersen. Auf jedem blauen Fahrrad sitzt er, er hat eine andere Mütze, eine andere Jacke, aber das ist egal, er ist es trotzdem, er fährt zur Arbeit, fährt in den CBA-Supermarkt, obwohl ich ihm gesagt habe, dass das der teuerste ist, er versteht sich dort gut mit den Kassierern. Er ist es, auf dem Weg zu einer Verabredung, mit einer Frau, deshalb beeilt er sich so, er will nicht zu spät kommen. Er hasst es, zu spät zu kommen, ist lieber fünf Minuten, zehn Minuten eher da, steht in der Kälte. Jetzt steht er auch bestimmt irgendwo herum, es ist acht Minuten vor zwei, sie haben sich für zwei verabredet, für Viertel nach verabredet man sich eher selten, für halb auch nicht unbedingt, eher für die volle Stunde. Er steht da, sieht eine Frau in rotem Mantel, bei der er an mich denken muss. Oder er sieht eine Französische Bulldogge, stellt sich vor, wie ich zu ihr gehe und sie streichle. Oder nimmt einen Duft wahr, dreht sich um. Er steht da und etwas erinnert ihn an mich, aber ich bin nicht da. Wenn er an mich denkt, bin ich nie da. Wenn ich an ihn denke, ist er nie hier. Und dass ich nicht an ihn denke, kommt nicht vor. Ich betrachte die Zigarettenstummel auf der Straße. Man muss sich dort hinstellen, wo mehr Stummel sind, dort wird sich die Bustür öffnen, hat er einmal gesagt. Ich stehe da, betrachte die Stummel. Man darf an den Haltestellen nicht rauchen, trotzdem sind sie voller Zigarettenstummel. Ich zähle, fünf, sechs, sieben, früher hat Lukács auch geraucht. Er hat es sich wegen mir abgewöhnt, ich mochte den Geruch nicht, wollte ihn nicht küssen. Jetzt denke ich an seinen Mund, wie schön doch die kleine Narbe unter seiner Unterlippe ist. Zigarettenstummel, man muss zählen, sieben, acht, neun, einen zehnten gibt es nicht, Lukács zählt auch, acht, neun, zehn, elf, zählt er die Muttermale an meinem Rücken. Er zählt bis zweiunddreißig, davor hatte ich gar nicht gewusst, dass ich zweiunddreißig Muttermale am Rücken habe.

Ich steige in den Bus, er sitzt da, auf dem Zweiersitz. Nein, er steht im Gelenkbereich des Busses, wundert sich, mich zu sehen. Er fährt nie Bus, ich blicke aus dem Fenster, er fährt mit dem blauen Rad vorbei, er ist es, er winkt und bedeutet mir auszusteigen, er wolle mit mir sprechen. Ich steige an der nächsten Station aus, er trägt den Pullover, den er von mir zu Weihnachten bekommen hat. Lass es uns noch einmal versuchen, sagt er, noch ein letztes Mal. Wir könnten es versuchen, es war ja schön. Ich fehle ihm, er denke oft an mich. Ich sage nicht, dass ich auch oft an ihn denke, sondern nur: Ich weiß nicht so recht. Er versucht, mich zu überreden, denk doch mal darüber nach, bis zum Urlaub in Kroatien war es doch richtig gut. Ich tue so, als würde ich nachdenken. Schließlich sage ich, okay. Lass es uns versuchen.

Bei Sukošan gibt es keine Sandküste. Man kann dort nicht barfuß laufen, das Handtuch muss man auch gar nicht erst ausbreiten, die Steine sind zu groß und scharfkantig. Der Strand ist nicht sehr voll, in Zadar gibt es viel mehr Touristen, dieses Dorf kennen nicht so viele. Das Wasser wird schnell tief, man muss achtgeben. Wenn wir hineingehen wollten, mussten wir Aquaschuhe anziehen, um nicht vom Seeigel gestochen zu werden. Wenn er mich sticht, bekomme ich Fieber und darf in dem Zimmer mit den zwei Betten liegen, die man nicht zusammenschieben kann. Wir haben in meinem Einzelbett geschlafen, das stand am Fenster. Wenn wir den Vorhang nicht zugezogen haben, war es, als hätte man das Meer sehen können, eine verschwommene Dunkelheit am unteren Rand des Himmels. Auf seinem Bett lag nur unsere Kleidung. Die Handtücher hängten wir zum Trocknen übers Balkongeländer, meinen Badeanzug hängte ich nicht dorthin, sondern über eine Stuhllehne im Zimmer. Lukács fand es lustig, dass ich ihn am Strand anzog, aber nicht übers Balkongeländer hängen wollte, für ihn widersprach das aller Logik.

Einer von den acht Tagen verging mit der Reise. Am sechsten Tag wurde ich von einem Seeigel gestochen, ich bekam Fieber und wir mussten in unsere Unterkunft zurückgehen. Ich lag den ganzen Nachmittag im Bett, Lukács sagte, er möge es nicht, wenn ich Fieber habe, weil ich dann viel rede. Ich hielte mich für witzig, was aber nicht der Fall sei. Schlaf lieber, sagte er und ging mit den Ungarn aus dem Nachbarzimmer an den Strand. Er kam erst am Abend zurück. Am Tag darauf ging es mir schon besser. Der Eigentümer der Pension sagte, wenn wir am nächsten Morgen auf den nahe gelegenen Hügel steigen würden, der zu Fuß zwanzig Minuten entfernt sei, könnten wir uns den Sonnenaufgang ansehen. Das solle man sich nicht entgehen lassen, die zwanzig Minuten seien es wert. Ich überredete Lukács, am letzten Tag zeitig aufzustehen, um uns den Sonnenaufgang anzusehen, durch das Fieber war der Urlaub für mich ja ohnehin verkürzt. Als das Telefon am nächsten Morgen klingelte, weigerte er sich aufzustehen. Geh du, ich schlafe noch ein bisschen. Komm schon, es geht doch gerade darum, dass wir es gemeinsam machen. Ich gehe jetzt nirgendwohin. Sei doch nicht so, Lukács. Nerv mich nicht, du musst ja heute nicht fahren. Ich zog die Schuhe an und machte mich allein auf den Weg. Die zwanzig Minuten erschienen mir eher wie dreißig, dabei war ich so wütend, dass ich zweimal so schnell lief wie sonst. Auf dem Hügel standen vereinzelt ein paar Menschen, ich wollte mich mit keinem von ihnen unterhalten. Wir standen da und warteten. Eine halbe Stunde später war uns klar, dass es keinen Sonnenaufgang geben würde, der Himmel war verhangen und es regnete den ganzen Tag über. Die Wolken waren so grau wie das Meer.

Ich habe Lukács schon seit zwei Monaten nicht mehr gesehen. Ich steige aus dem Bus, versuche, mich daran zu erinnern, wann ich ihn zum letzten Mal gesehen habe. Ich erinnere mich an die Trennung, auch an die Worte, aber nicht an ihn, an seine Kleidung, an die Reihenfolge der Ereignisse. Auch sein Gesicht sehe ich nicht vor mir, ich weiß, wie seine Augen aussehen, kenne die Linie seiner Nase, sehe seinen Mund, aber nicht das Gesicht. Noch lange nachdem er gegangen war, habe ich seinen Duft in der Wohnung wahrgenommen. Jedes Mal, wenn ich den Flur betrat. Ich blieb stehen, atmete tief ein, nach ein paar Atemzügen verschwand er. Ich trete auf ein Blatt, rutsche aus. Lukács steht vor dem Haus, wartet auf mich. Er sitzt auf der Treppenstufe vor der Tür, wartet auf mich. Er sitzt auf dem Sofa, hat den Ersatzschlüssel noch. Ich bleibe im Flur stehen, atme tief ein. Zu mir dringt ein leichter Gasgeruch, man sagte, ich solle mir deshalb keine Sorgen machen, es konnte kein Gasaustritt festgestellt werden. Ich müsse akzeptieren, dass es im Flur manchmal nach Gas rieche, das habe nichts zu bedeuten. Ich mache mir keine Sorgen. Wenn die Wohnung in die Luft fliegen würde und ich gerade zu Hause wäre, würde meine Mutter Lukács bestimmt informieren, und er wäre unglücklich, würde weinen wie ein Kind. Ich will, dass er weint. Ich stelle mir vor, wie er weint, ich habe ihn nie weinen gesehen. Wenn ich weine, bekomme ich einen hochroten Kopf, was sich erst nach Stunden wieder gibt, meine Augen sind sogar bis zum nächsten Tag noch rot. Man kann es mir noch zwei Tage lang ansehen. Ich hole die extra weiche Zahnbürste aus der Tasche. Signal, soft, 998 Forint. Ich stelle sie in den Zahnputzbecher und werfe die alte weg.

Familienanamnese

Ü*ber dem Eingang*
blinkt in bunter Neonschrift: Terminvereinbarung. Es sieht aus wie das Nonstop-Schild eines Spätverkaufs, nur hat das Gesundheitszentrum nicht jeden Tag geöffnet, bloß von Montag bis Freitag, von morgens um sechs bis abends um acht. Am Eingang gibt es jetzt keine Schlange, ich gehe die Treppen hinauf, es ist nachmittags um fünf, die Leute, denen man Blut abgenommen hat, sind schon längst fertig, sitzen zu Hause, betrachten den roten Punkt auf ihrem Arm und stellen zufrieden fest, dass man sich im Gesundheitszentrum auf die Blutentnahme versteht und den Wattebausch richtig auf der Armbeuge befestigt hat. Es sind keine lila Schwellungen zu sehen, man hat die Vene leicht gefunden. Ich gehe auch immer hierhin, kenne die Sprechstundenhilfen schon beim Namen. Bea ist gut, Kata auch, aber Enikő muss man etwas schmeicheln, ihren Ohrring loben, damit sie nett zu einem ist.

Am Empfang
werde ich gefragt, ob ich eine Überweisung habe und um wie viel Uhr mein Termin sei. Wie alt sind Sie?, fragt mich die Frau hinterm Tresen. Siebenundzwanzig, sage

ich. Und warum wollen Sie zur Mammografie, das wird man bei Ihnen sowieso noch nicht machen, Sie sind zu jung. Ich unterbreche sie, sage, ich hätte eine Überweisung, es sei aufgrund der Familienanamnese, sie solle es sich ansehen, da stehe es schwarz auf weiß. Sie verzieht das Gesicht, gibt etwas in den Rechner ein, dritter Stock, sagt sie.

Im dritten Stock
warten fünf Frauen auf die Mammografie. Vor allem Frauen in ihren Vierzigern, sie bekommen die Einladung zur Krebsvorsorge bereits per Brief, Frauen zwischen fünfundvierzig und fünfundsechzig alle zwei Jahre. Mutter hatte keine bekommen, sie war zweiundvierzig, als man ihr die linke Brust abnahm. Ich habe sie nie zur Mammografie begleitet, auch zum Arzt nur selten, weil ich immer in der Schule war. Vielleicht hat die Frau mit den blonden Haaren und der Einladung in der Hand auch Pétervári aus dem zweiten Stock als Arzt, so wie ich. Er führt das Spekulum auch in ihre Scheide ein, entnimmt einen Abstrich, sieht sich die Gebärmutter zusätzlich mit Ultraschall an und befühlt mit den Fingern die Eierstöcke. Péterváris Frau hat man im vergangenen Jahr, nach dem zweiten Kind, die Gebärmutter herausgenommen, hat er mir bei meiner letzten Vorsorgeuntersuchung erzählt. Einmal haben wir auch darüber gesprochen, welche Salbe sich bei seiner Frau bewährt habe, damit sie sich im Schwimmbad keine Pilz-

infektion einfängt. Er hat mir auch gesagt, wie viel sie benutze, man brauche nicht die ganze Menge, die Hälfte reiche aus.

Ich hole die Überweisung hervor, lese die Diagnose: Untersuchung aufgrund von Familienanamnese. Das ist das letzte Mal, dass ich Ihnen mit dieser Begründung eine Überweisung geben kann, dass kann man nicht jedes Jahr machen, nur, wenn Sie Beschwerden haben, sonst bekomme ich echt Ärger, sagte Pétervári. Das nächste Mal werde ich sagen, meine Brustwarze sei druckempfindlich. Meine Brustwarze ist nicht empfindlich. Weder auf Druck noch sonst, aber wenn man eine empfindliche Brustwarze braucht, um untersucht zu werden, dann ist sie es. Zuerst hat man mir empfohlen, mich nach Ende der Regelblutung aufs Bett zu legen, auf den Rücken, den rechten Arm zu heben und mit der linken Hand die rechte Brust abzutasten und es danach mit der linken Brust und der rechten Hand zu wiederholen. Ich drückte so lange darauf herum, bis sie schmerzte, und dann fand ich auch noch ein auffälliges Knötchen, wovon sich herausstellte, dass es ein Lymphknoten war. Bei einem bösartigen Knoten spürt man den Rand, er setzt sich klar vom umgebenden Gewebe ab.

Meine Mutter hätte wie diese blonde Frau sein können, in Rock, Strumpfhose und Absatzschuhen, mit Lippenstift, dessen Spuren nie am Wein- oder Sektglas zu sehen sind, da sie, bevor ihre Lippen dieses berühren, kurz und unauffällig mit der Zunge über den Glasrand fährt. Mutter kannte sich mit solchen Dingen aus, bei der Badewanne, zwischen den Duschbädern und Shampoos lag auch ein Bimsstein, mit dem sie sich im Frühjahr, wenn sie wieder in Sandalen zur Arbeit ging, die Hornhaut an der Ferse entfernte. Die blonde Frau, die wie meine Mutter aussieht und neben die ich mich setzen will, nimmt ihren Mantel weg, um Platz für mich zu machen.

Ich war fünfzehn Jahre alt, als ich morgens sieben Uhr vierzig die Schule betrat, sie sechs Stunden später wieder verließ, und meine Mutter ihre linke Brust nicht mehr hatte. Sechs Stunden, die erste Klassenrat, die dritte Sport, aber wir durften nicht hinausgehen, weil es regnete, deshalb rannten wir die Runden in der nach Geräteraum riechenden Sporthalle, wir spielten Volleyball, wobei ich einem Mädchen aus Versehen die Nase brach. Mutter blieb tagelang im Krankenhaus. Großmutter kochte für uns, und wir besuchten Mutter immer nachmittags. Als ich vor den grauweißen Wänden am Kaffeeautomaten stand, dachte ich darüber nach, wohin man Mutters linke Brust, wohin man ihre Brustwarze wohl getan hat. Ich erinnere mich nur an ihre linke Brustwarze, wie ich sie mir dort, am Kaffeeautomaten, vorstellte, in einem Glasbehälter, in einem Regal in einem dieser Räume.

Von da an änderte sich Mutters Gang, sie schob die Schultern nach vorn, machte den Rücken rund, damit man ihre Brust nicht sah. Ihre Brust, nicht ihre Brüste. Die eine. Die Stelle, wo früher ihre Brust und nun ein zwanzig Zentimeter langer Schnitt war, von dem der Schorf erst nach einem Monat vollständig abfiel. Von ihren Kleidern behielt sie nur wenige, die restlichen gab sie Großmutter, damit diese sie verschenkte. Mutter legte die Kleider ins oberste Fach ihres Schranks, das sie nur erreichte, wenn sie sich streckte. Das konnte sie lange nicht, weil die Narbe dann schmerzte. Von da an nahm sie die unförmigen Lumpen an, die Großmutter ihr schon immer hatte aufschwatzen wollen. Sie hingen an ihr herunter, wie an mir die alten T-Shirts meines Bruders, die ich zum Sportunterricht trug. Als wäre sie immer auf dem Weg zur Sportstunde.

Ich war fünfzehn Jahre alt, Mutter zweiundvierzig, als wir erfuhren, dass es extra einen Laden für BHs gibt, in die man künstliche Brüste in der entsprechenden Größe einlegen kann. Es gab sie in allen Größen, man konnte sie sogar anfassen. Sie sahen so aus und fühlten sich auch so an wie unter Folie verpacktes Hühnerbrustfilet. Sie hatten keine Brustwarzen. Ich betrachte die blonde Frau, ihre Brüste, frage mich, ob sie noch beide hat und ob sie wohl in diesem Fachgeschäft war, wo Brüste verkauft werden, aber keine Brustwarzen. Die Brustwarze fehlte Mutter wahrscheinlich am meisten. Sie trug BHs in der Größe 80B, sie hatte keine großen Brüste, auch nach der Geburt der beiden Kinder nicht. Es störte sie nicht, dass sie klein waren, in Griechenland lag sie oben ohne am Strand auf ihrem Handtuch, auf dem Rücken, Vater auch, er hielt die Arme unterm Kopf verschränkt und hatte nur Augen für sie. Ich bemühte mich, nicht hinzusehen, machte es trotzdem ständig, an diesem Sandstrand, wo ich immer einen Salzgeschmack im Mund hatte. Ihre Brust gefiel nicht nur Vater, der Mann, der seine Pfannkuchen auf Ungarisch anpries, spazierte immer wieder an ihnen vorbei, was Vater stets veranlasste, sie zu fragen, ob er ihr den Rücken einreiben dürfe. In Ungarn machte sie das nie, dort war sie eher schamhaft, zog das Oberteil weder am Balaton noch am Velencer See aus. Selbst während ihrer Schwangerschaften wurde sie nicht dick, hatte wenig Milch und gab uns schon zeitig die Flasche. Ich weiß nicht, ob ich den Geschmack von Muttermilch erkennen würde, wenn ich sie einmal kosten würde, man sagt, sie schmecke nicht nach Milch, also Kuhmilch, sondern anders, süßer.

Die blonde Frau wird aufgerufen, sie lässt ihren Mantel im Warteraum, aus dessen Tasche lugt ein Papiertaschentuch hervor. Zur Mammografie geht man durch die rechte Tür, zum Brustultraschall durch die linke. Es arbeiten ein Arzt und eine Ärztin hier. Die Ärztin bittet den Arzt immer, herüberzukommen, um die Patientinnen ebenfalls zu untersuchen, und der Arzt bittet die Ärztin, nur einmal nicht, weil sie im Urlaub war. Als der Arzt mich zum ersten Mal untersuchte, waren seine Hände warm, ich glaube, weil die

Brüste sie aufgewärmt hatten, aber die Ärztin hat nie warme Hände, wenn sie mich berührt, fröstelt es mich und ich zucke zusammen, Verzeihung, Verzeihung, sagt sie. Der Arzt hat immer warme Hände, die Ärztin immer kalte.

Im Untersuchungsraum
herrscht Zwielicht, der Arzt kommt herein, ich habe meinen Mantel schon an den Kleiderständer gehängt. Er sagt, ich solle den Oberkörper frei machen. Ich mache ihn frei. Ich hebe den rechten Arm, er tastet mit seiner warmen Hand zuerst meine rechte Brust ab, dann die linke. Ich setze mich auf den Untersuchungsstuhl, dabei sagt er, das Immunsystem sei der Schlüssel zur Gesundheit, man müsse darauf achten, dass es in Ordnung sei. Beim ersten Mal hatte er mich auch über Mutter befragt, er hatte auf der Überweisung den Hinweis auf die Familienanamnese gesehen. Brustkrebs?, fragte er, ich nickte, das Gel, mit dem er mich einschmierte, war kalt. Wahrscheinlich untersucht man den Bauch einer Schwangeren genauso. Und Lungenkrebs, sagte ich. Jetzt spricht er von den seelischen Hintergründen von Krebs, glaube ich zumindest, aber ich höre ihm nur mit halber Aufmerksamkeit zu, ich beobachte sein Gesicht und wie lange er mit dem Schallkopf an den einzelnen Stellen verweilt, zu welchen er wiederkehrt. Meine Hand schwitzt, dabei ist es in dem Raum kühl.

Pétervári hat gesagt, dass man bei mir noch keine

Mammografie machen würde, aber mit dem Brustultraschall seien in meinem Alter die kleinsten Veränderungen zu erkennen. Mutter erzählte mir, dass bei der Mammografie die Brust in einer Maschine zusammengedrückt werde und es wehtue. Sie müsse stark gepresst werden, damit man das Gewebe gut sehe. Ich habe mir eingeprägt, dass, sollte ich je eine Mammografie machen lassen, die Untersuchung nicht in die Zeit meiner Regelblutung fallen sollte.

Vielleicht muss ich aber auch nie zu einer Mammografie gehen. Frauen mit kleinen Brüsten könne man auch gut mit Brustultraschall untersuchen, das sagt auch der Arzt. Ich freue mich sehr über meine kleinen Brüste. Ich habe sie von Mutter geerbt, genauso wie die Augen und die Athletenbeine. Die kräftigen Waden, die andere als wohlgeformt bezeichnen und die dicker sind als die meines Bruders, der sie von Vater geerbt hat. Vielleicht schaue ich mir deshalb gern muskulöse Männerwaden an, sobald der Sommer da ist, verirrt sich mein Blick immer auf die Beine der Männer. Ich mag es nicht, wenn ein Mann dünnere Waden hat als ich.

Ich war vor zwei Jahren zum ersten Mal an einem FKK-Strand, mein Freund sagte, ich müsse mich nicht ganz ausziehen, es reiche das Oberteil, wenn ich wolle, aber selbst das sei keine Pflicht, er behalte seine Badehose auch an. Ich zog die Bikinihose an, fand aber das Oberteil nicht, ich suchte eine ganze Weile in meiner Tasche und dabei wurde mir ganz übel. Du musst dich nicht schämen, sagte mein Freund, der sich mehr schämte als ich, du hast eine schöne Brust, mir gefällt sie, fügte er hinzu und legte die Hand auf meine linke Brust. Ich versuchte, mich mit den Haaren zu bedecken, legte mich auf den Bauch aufs Handtuch, sah mich um, viele waren vollkommen nackt, eine Frau hatte Hängebrüste, die andere riesige Brustwarzen, nicht der Warzenhof, sondern die Brustwarzen selbst, sie standen nach vorn wie zwei Korken. Niemand betrachtete die anderen, niemand stierte. Ich legte mich auf den Rücken, band das Haar zusammen, ich verbrannte mir sogar den Bauch und mein Freund hatte nur Augen für mich.

Ich habe meine Brüste von Mutter geerbt, der man im Alter von zweiundvierzig Jahren die linke abgenommen hat. Angeblich kann Brustkrebs, und auch Eierstockkrebs, vererbt werden. Die defekten Gene können aufgespürt werden, dafür gibt es inzwischen Untersuchungen. Die würde ich selbst dann nicht machen lassen, wenn ich das Geld dafür hätte. Außerdem sollen die Verwandten in gerader Linie am meisten gefährdet sein und man erbe die Gene der Großeltern. Beide meiner Großmütter haben noch beide Brüste, das sind insgesamt vier große, faltige Brüste, aber meine ähneln ihren kein bisschen. Man sagt minus zehn Jahre, man müsse zehn Jahre vor dem Alter, in dem sich der Tumor bei der Verwandten gebildet hätte, zu Vorsorgeuntersuchungen gehen. Meine Mutter war zweiundvierzig Jahre alt, das wären bei mir zweiunddreißig Jahre. Mit zweiunddreißig werde ich statt der jetzigen jährlichen Untersuchung alle halbe Jahre zur Krebsvorsorge gehen, und ich werde in der rechten oberen Ecke meiner Überweisung »A« für »Akut« vermerken lassen müssen. Bis dahin wird man mich schon überall kennen, aber es wird nicht mehr reichen, wenn ich mich auf die Familienanamnese berufe. Ich werde bis zu meinem fünfundvierzigsten Lebensjahr behaupten müssen, meine Brustwarzen seien empfindlich. Manchmal wird es die rechte, manchmal die linke sein. Sie wird auch jucken, Rötungen werden auftreten und ich werde Knoten ertasten. Es wird Blut austreten, was ich daran feststellen werde, dass die Innenseite des BH-Körbchens manchmal blutverschmiert sein wird. Wenn Pétervári mir keine Überweisung mehr gibt, gehe ich zu einem anderen Arzt, der mich noch nicht kennt. Ich sei seit Jahren bei keiner Vorsorgeuntersuchung gewesen, werde ich ihm erzählen. Ich werde ihn überzeugen, mich zum Brustultraschall zu überweisen, ich hätte im Internet gelesen, dass man bei Frauen mit kleinen Brüsten die Veränderungen mit dieser Methode besser erkennen könne als mit Mammografie.

Am Empfang
stelle ich mich in der Schlange an, inzwischen sitzt dort eine andere Frau und fragt, womit sie mir behilflich sein könne. Ich hätte gern einen Termin fürs Lungenscreening, sage ich. Berufsbedingt?, fragt sie und ich schüttle den Kopf. Aufgrund der Familienanamnese.

Foto: © Séllei Zsanett

Anita Harag wurde 1988 in Budapest geboren. Für ihr gefeiertes Erzähldebüt *Es ist zu kühl für diese Jahreszeit* wurde die Autorin mit dem *György Petri-Preis* (2018) und dem *Péter Horváth-Literaturstipendium* (2019) ausgezeichnet. 2020 war sie als internationale Residenzschriftstellerin zu Gast auf Schloss Solitude sowie am Literarischen Colloquium Berlin.

Timea Tankó, 1978 geboren, verbrachte ihre Kindheit in Ungarn und Deutschland. Sie studierte Französisch, Spanisch und Kulturwissenschaften. Sie übersetzt vor allem aus dem Ungarischen (u. a. Ádám Bodor, Andor Endre Gelléri). Für ihre Übersetzung des Buchs *Apropos Casanova* von Miklós Szentkuthy erhielt sie 2021 den *Preis der Leipziger Buchmesse*.